Johannes Girmindl

Lauras Mercedes

AF210087

Johannes Girmindl

Lauras Mercedes

Storys

autorenfoto: samuel girmindl

Bibliographische Information der Deutschen Nationalbibliothek:

Die Deutsche Nationalbibliothek verzeichnet diese Publikation in der Deutschen Nationalbibliographie; detaillierte bibliographische Daten sind im Internet über http://dnb.dnb.de abrufbar

Verlag: BoD · Books on Demand GmbH, Überseering 33, 22297 Hamburg,

bod@bod.de

Druck: Libri Plureos GmbH, Friedensallee 273, 22763 Hamburg

ISBN: **978-3-7693-1542-4**

Mit dem Einschlag einer Kugel

Ich lag den ganzen Tag über am Pool, rauchte und trank und hatte Sex. Ansonsten schlief ich. Früh morgens joggte ich eine kleine Runde um die Anlange, um nicht ganz aus der Form zu kommen, in meinem Beruf käme ein Abfallen der Kondition, einer Pensionierung gleich. Dann frühstückte ich eine Kleinigkeit und setzte mich, mit einer Illustrierten und einem Glas Gin Tonic, an den Pool. Ich zündete mir eine Zigarette an und blies den Rauch in die Luft. Im Laufe des Vormittags kam dann auch Vivian herunter. Sie schlief jeden Tag bis in die Puppen. Ich war mir gar nicht sicher, ob sie frühstückte. Ich sah sie, wie sie den Pool entlanglief. In ihrem knappen Bikini konnte sie nichts verstecken, vor allem keine Waffe. Bis auf jene, die sie einem ohnehin offenbarte, und gegen die ich, ehrlich gestanden, auch machtlos war. Die letzten Tage hatte sie sich, nachdem sie zum Pool herunter gekommen war, umgehend auf mich gesetzt, ihr knappes Höschen ein wenig zu Seite geschoben, und mich in sich aufgenommen. Ich genoss es. Alles was ich zu tun hatte, war darauf zu achten, dass ich nicht aus ihr herausglitt. Ansonsten hatte ich den Ablauf schon verinnerlicht. Nachdem ich gekommen war, stieg sie von mir herunter, gab mir einen Kuss auf die Stirn und sprang ins Wasser. Sie schwamm einige Bahnen, dann entstieg sie, anmutig und leicht wie eine Gazelle, dem Pool und stellte sich unter die Dusche. Ich konnte nicht anders, als hinsehen. Mit diesem Körper würde sie noch viele Jahre durchkommen, was später sein würde, konnte ich nicht einschätzen. Die Zeiten änderten sich mittlerweile so rasant, dass eine seriöse Prognose einfach nicht mehr möglich war. Früher einmal hatte man sich darauf verlassen können, dass man ein paar gute Jahre hinter sich zu bringen hatte, um dann die Früchte seiner Arbeit genießen zu können. Ja, ich hatte einiges auf der hohen Kante, aber dass ich mich in absehbarer Zeit zur Ruhe würde setzen können, davon konnte keine Rede sein. Erst einmal Urlaub, erst einmal abschalten. Und das konnte ich mit Vivian ausgezeichnet. Sie war eine, die den Schalter umlegen konnte, und einem hart arbeitenden Mann wie mir, eine Auszeit so schmackhaft wie nur möglich machen konnte. Apropos schmackhaft; Vivian schmeckte ein wenig nach Erdbeeren. Sie können sich jetzt aussuchen, wie ich das meine, es trifft wohl beides zu. Wie genau sie das anstellte, war mir ein Rätsel. Doch ich schwieg und genoss. Und ich bezahlte natürlich. Und warum auch nicht. Meine Auftraggeber, und es waren hauptsächlich Männer, wenn auch nicht nur, bezahlten auch für meine Dienste. Und ab einer gewissen Liga, ging es gar nicht darum, eine Dienstleistung anzubieten und entlohnt zu werden. Es ging um Kunst, es ging um Befriedigung. Es ging darum, sich den Herausforderungen zu stellen, die einen weiterbrachten, und dafür wurde man auch noch bezahlt.

Besser konnte man es gar nicht treffen. Und genauso, wie Vivien eine der besten auf ihrem Gebiet war, genauso war ich einer der besten auf meinem. Und das wussten all jene, die es sich leisten konnten, mich zu engagieren. Ich hatte wieder einmal einen Auftrag zur meiner vollsten Zufriedenheit ausgeführt. Hatte meinen Kontostand geprüft, und mich dazu entschlossen, endlich mal Ferien zu machen. Ich musste wieder mal ein wenig abschalten, ein wenig Abstand vom Alltag bekommen. Und das versuchte ich, äußerst erfolgreich, wenn ich das so sagen darf, hier mit Vivian.

Wir saßen beim Mittagessen, Vivian stocherte ein wenig in ihren Lachsnudeln umher, ich schnitt mir mundgerechte Stücke von meinem Steak ab und wir sprachen nicht viel. Es war genauso wie ich es mochte. Ich warf einen Blick über den Pool hinweg aufs Meer, sah den Palmen zu, wie sie sich sanft in der leichten Brise wiegten und nahm einen kräftigen Schluck von meinem kühlen Bier. Vivian nippte an ihrem Champagner. Jetzt trank sie ihn auch einmal. Ansonsten war ich es von ihr gewohnt, dass sie ihn zwischen ihren perfekten Brüsten, über ihren Bauch, hinablaufen ließ. Ich bekam ihn erst, wenn er zwischen ihren Schenkeln angekommen war. Und da wären wir wieder bei den Erdbeeren, die nun auch, als Nachtisch, serviert wurden. Aber ich möchte sie nicht mit unserer Speisenfolge langweilen. Vivian rekelte sich nach dem Essen am Pool, warf mir noch einen Kussmund zu, bevor sie sich hinter einer überdimensionierten Sonnenbrille versteckte und ihr Mittagsschläfchen hielt. Diese Frau konnte schlafen, so etwas hatte ich noch nicht gesehen. Ich machte einen kleinen Verdauungsspaziergang und war froh, dass ich alleine war. Ich ordnete meine Gedanken, überlegte mir kurz, wieviel Aufträge ich noch zu erledigen hatte, um mir ernsthaft überlegen zu können, wo ich den Rest meines Lebens verbringen wollen würde. Dabei spazierte ich zwischen den Felsen auf einem schmalen, aber gut angelegten, und vor allem gepflegten, Weg dahin. Der Wind ließ die Hitze erträglich scheinen und ich setzte mich alsbald auf eine strategisch ausgezeichnet positionierte Bank, von der ich einerseits mein Haus, den Pool, sowie auch Vivien sehen konnte. Was wohl in ihrem Kopf so vor sich ging. Allzu viel war es wahrscheinlich nicht. Ich wollte sie nicht unterschätzen, was sie mir aber bisher geboten hatte, war auf einem Gebiet grandios und nahezu göttlich gewesen, ansonsten aber, hatten wir bisher nicht einmal eine halbwegs annehmbare Konversation führen können. Andrerseits, warum ich sie mitgenommen hatte, war nicht, um mit ihr tiefschürfende Gespräche zu führen. Was war ich doch für ein Narr. Ich war mit einer der schönsten Frauen, die ich je gesehen hatte, auf dieser Insel im Süden und machte mir Gedanken über ihren Intellekt. Es war offensichtlich Zeit an meinem eigenen zu zweifeln. Ich stand wieder auf, nachdem ich lange genug aufs offene Meer gestarrt hatte und ging den schmalen Weg zwischen den Felsen wieder zurück. Vivien schwamm wieder. Ich wartete an der Leiter und sah ihr zu, wie sie aus dem Wasser stieg und hielt ihr ein Badetuch hin. Sie trocknete zuerst ihr Gesicht ab. Es war eines dieser Gesichter, welches einen aus einer Unzahl an Illustrierten und Zeitgeistmagazinen anlächelte. Das perfekte, symmetrischste Gesicht, das man sich nur vorstellen konnte. Halbwertszeit zirka einen Monat, dachte ich bei mir, dann würde ich mich daran sattgesehen haben. Wenn es nicht mehr als Schönheit gab, war eine gemeinsame Zukunft ohnehin fragwürdig. Wobei, mit mir würde es derzeit ohnehin keine Zukunft geben. Ich lebte im Hier und Jetzt und verschwendete auch keine Gedanken an die Vergangenheit. Mit dem Einschlag einer Kugel, war die Sache für mich erledigt. Ich folgte Vivien ins Haus. Geübt entledigte sie sich auf dem Weg ins Wohnzimmer, des Oberteils ihres Bikinis. Dann ließ sie sich auf der Chaiselongue nieder, streckte ihre Beine kerzengerade in die Höhe und zog sich das Höschen aus. Ich hatte schon auf dem Weg ins Haus damit zu kämpfen gehabt, den Zustand meiner Erregung ein wenig zu verbergen, nicht gleich mit der Tür ins Haus zu fallen, wenn man so will. Mein Hemd lag vor der Terrassentür und nur mit Hose bekleidet, stand ich letztendlich vor Vivien. Sie setzte sich auf und öffnete langsam die Knöpfe meiner Hose. Vivian wusste genau, was sie zu tun hatte, um mich verrückt zu machen. Sie konnte nicht nur gekonnt ihre Zunge kreisen lassen, sondern sie setzte auch ihre Zähne ein, tat, wonach ihr der Sinn stand und stoppte, gerade noch im richtigen Moment. Sie lächelte zu mir hoch und stand auf. Dann packte sie mich an den Schultern, warf mich auf die Couch und setzte sich auf mich, wie sie es schon am Vormittag unten am Pool getan hatte. Mit sachten, rhythmischen Bewegungen, mit einem Anblick, welchen zu beschreiben, mir unmöglich scheint, brachte sie mich, langsam aber sicher, stöhnend zum Höhepunkt. Mit dem Ausdruck dümmlicher Glückseligkeit, ließ ich mich zurückfallen. Viviane stieg von mir herab und machte sich auf, in Richtung Badezimmer. Kurz darauf lief die Dusche. Ich warf einen Blick zur Seite, sah auf die Terrasse und stellte mir die Frage, ob ich es heute nochmal bringen würde. Sehen sie, das sind die Gedanken, die einem nach solch einem Erlebnis, durch den Kopf gehen. Wohl sehr einfache Gedanken eines Mannes, der nicht genug bekommen kann. Und man macht sich wohl nie darüber Gedanken, welche Gedanken, seine letzten einmal sein würden. Meine letzten Gedanken waren, ob ich es wohl heute nochmal bringen würde. Aus dem Ausgenwinkel sah ich Vivian wieder aus dem Badezimmer kommen. Sie hatte sich nach dem Duschen nichts angezogen. Nicht einmal ihren Bikini, in dem sie nichts verstecken konnte. Schon gar nicht die Pistole, die sie jetzt in ihrer rechten Hand hielt und damit auf mich zielte. Ich hörte keinen Schuss, während ich meinen Kopf zu ihr drehte. Den Einschlag selbst, spürte ich fast nicht. Ich war auf der Stelle tot.

Lauras Mercedes

Er sah aus dem Küchenfenster. Lauras Mercedes stand in der Einfahrt. Die Kaffeemaschine tat das, was sie tun sollte. Er wandte seinen Blick vom Küchenfenster ab und dachte kurz nach. Laura war offensichtlich nicht mit dem Auto ins Büro gefahren; ins Büro musste sie aber gefahren sein, sonst wäre sie noch hier. Üblicherweise stand sie immer eine Stunde vor ihm auf und hatte das Haus meist auch schon verlassen, wenn sein Wecker läutete. Im Schlafmantel stand er an der Küchenzeile, rührte Milch und Zucker in seinen Espresso und legte, als er fertig war, den Löffel in die Abwasch. Dann setzte er sich an den Küchentisch und trank in kleinen Schlucken seinen Kaffee, während er ein Magazin durchblätterte. Faszinierend, wie sie es immer wieder schafften, die weite Welt auf ein paar wenigen Seiten einzufangen und so in jeden

Haushalt, zumindest jene, die es wollten, zu bringen. Andrerseits konnte ihm die weite Welt in den meisten Fällen gestohlen bleiben. Gut, dass sie weit weg war. Gut, dass er weit weg war. Nachdem er seinen Kaffee getrunken hatte stand er auf, brachte die leere Tasse in die Küche und ging ins Badezimmer. Dort duschte er, putzte sich währenddessen seine Zähne und rasierte sich unter den Achseln und im Intimbereich. Eines der wenigen Dinge, die der Fortschritt für ihn bereitgehalten hatte. Dann trocknete er sich ab und verwendete sein Deo. Es brannte kurz an den frisch rasierten Stellen. Aus dem Kleiderschrank holte er eine Hose, ein Hemd und Unterwäsche. Es war Frühling und mittlerweile nicht mehr allzu kalt. Mit einer Jacke, die er auch wieder ausziehen konnte, würde er gut durch den Tag kommen. Nachdem er sich angekleidet hatte, ging er abermals ins Badezimmer, diesmal um sich zu frisieren.

Das Haus verließ er mit Schlüssel und Arbeitstasche. Der kurze Weg zum Bahnhof war für ihn immer eine Möglichkeit, den Tag zu strukturieren, alles was in seinem Kopf umherschwirrte zu ordnen und, mit einem Plan, wenn auch nur einem ungefähren, ins Büro zu kommen. Er setzte einen Fuß vor den anderen, machte kleine Schritte und genoss die Strahlen der Sonne. Nach den ersten hundert Metern öffnete er seine Jacke. Durch die direkte Sonneneinstrahlung war ihm richtig warm geworden. Wenn er es heute pünktlich, oder das was er als pünktlich erachtete, aus dem Büro schaffte, könnte er Laura mit Blumen und einer Einladung zum Abendessen überraschen. Natürlich würde er selbst kochen. Eine der wenigen, in einem Haushalt nützlichen Tätigkeiten, die er beherrschte. Ansonsten konnte er noch Bügeln, den Müll sortieren und dafür sorgen, dass es immer einen kleinen Vorrat an Lebensmitteln im Haus gab. Nicht allzu viel, gerade aber jenes, womit er spontan etwas in der Küche zaubern konnte. Zumindest sah Laura das so. Er bog um die Ecke und sah in geringer Entfernung den Zug schon am Gleis stehen. Seine Schritte wurden schneller und er lief sogar ein wenig. Grundsätzlich wollte er aber durch sein Verhalten nicht zeigen, dass er den Zug erreichen musste, um pünktlich im Büro erscheinen zu können. Peinlich wäre es ihm, wenn er gelaufen wäre, und den Zug trotzdem, wenn auch nur knapp, verpassen würde. Er am Bahnsteig, dem Zug hinterher-blickend, das Gespött fürs gegenüberliegende Gleis. Das wollte er vermeiden und dennoch aber auch den Zug erreichen. Heute hatte er Glück. Er stieg die drei Stufen in das Wageninnere hinauf, öffnete die Schiebetür zum Fahrgastraum und setzte sich auf den ersten freien Platz, gleich neben Türe und Fenster. Dann öffnete er seine lederne Arbeitstasche und holte ein Buch hervor, von dem er hoffte, mindestens zwanzig Seiten während der Fahrt lesen zu können.

Als er das dritte Mal umblätterte, sah er kurz und völlig beiläufig, aus dem Fenster. Als seine Augen sich wieder den Buchstaben der neu aufgeschlagenen Seite widmeten, stutzte er. Schnell blickte er ein weiteres Mal aus dem Fenster. Der Zug schien noch zu stehen und vor dem Fenster, befand sich immer noch der kleine Bahnhof. Er erhob sich. Und da bemerkte er etwas, das ihm schon auf dem Weg zum Bahnhof aufgefallen war. Er war der Einzige hier. Dass ihm beim Spaziergang hierher niemand begegnet war, hatte er wohl noch unbewusst als Zufall abgetan, dass im ganzen Waggon keine Menschenseele außer ihm saß, verursachte nun doch ein eigenartiges Gefühl. Er nahm seine Tasche, verstaute das Buch wieder darin und schritt den Mittelgang entlang. Links und rechts waren ausschließlich leere Sitzreihen. Kein Wunder, dass dieser Zug nicht fuhr. Auch im nächsten Waggon war niemand anzutreffen. Keine Menschenseele außer ihm selbst. Das konnte doch nicht sein. Er warf abermals einen Blick aus dem Fenster. Niemand befand sich am Bahnsteig. Keine Fahrgäste, keine Bahnbediensteten, nicht einmal Gammler oder Obdachlose. Niemand schlief auf einer Bank, niemand rauchte oder schaute auf das Displays seines Handys. Sein Handy! Er holte es aus seiner Jackentasche hervor. Er hatte es heute noch gar nicht eingeschaltet. Er ließ sich wieder auf seinen Sitz nieder und drückte die Einschalttaste. Dann wartete er darauf, den Code eingeben zu können. Acht Ziffern waren es mittlerweile. Laura erschien kurz darauf als Hintergrund. Dann tippte er auf das Icon mit dem Telefonhörer, suchte die Nummer seines Büros und tippte schließlich auf *anrufen*. Die Verbindung wurde aufgebaut. Und brach wieder ab. Er versuchte es ein weiteres Mal. Und abermals brach die Verbindung ab. Nach dem dritten erfolglosen Versuch, ließ er das Handy Lauras Nummer wählen. Und wieder baute sich die Verbindung auf, um kurz darauf wieder abzubrechen. Entweder hatte sein Smartphone ein Problem, oder es gab kein Netz, mit dem es sich verbinden konnte. Alle weiteren versuche liefen mit demselben Ergebnis ins Nichts. Er steckte sein Handy wieder ein und stieg aus dem Zug. Am Bahnsteig befand sich immer noch niemand. Er ging bis ans vordere Ende des Zuges, der aus drei einzelnen Waggons bestand und versuchte einen Blick in das Cockpit zu werfen. Trotz der getönten Scheiben, konnte er ganz klar ausmachen, dass sich keine Person darin befand. Er blickte auf zwei leere Sitze. Gut, der Zug würde wohl nicht fahren und ihn somit in sein Büro bringen. Gut, sein Handy funktionierte nicht und somit konnte er in seinem Büro auch nicht Bescheid geben, dass er sich heute, aufgrund des menschenleeren Zuges, der sich auch nicht in Bewegung setzte, verspäten würde. Es half alles nichts. So eigenartig diese Situation auch schien, so klar war es für ihn, nun wohl Lauras Wagen dazu benutzen zu müssen, ins Büro zu kommen.

Er sperrte die Eingangstüre auf, ging zu der kleinen Kommode, öffnete die erste Lade und nahm sich den Reserveschlüssel. Dann verließ er zum zweiten Mal an diesem Morgen das gemeinsame Haus. Der Schlüssel sperrte selbstverständlich den Mercedes. Er ließ sich auf den Fahrersitz sinken. Dann atmete er kurz durch, schnallte sich an und startete den Wagen. Er fuhr nur selten damit. Es war Lauras Wagen und eines der wenigen Teile, die sie zu ihrem persönlichen Eigentum zählte. Wenn er den Wagen nehmen wollte, dann hatte er gefälligst vorher zu fragen. Sie ließ ihn dann gewähren, wollte aber, dass nicht einfach über sie hinweg entschieden wurde. Laura hatte eine ihrer Motivations-CDs im Player laufen. Meeresrauschen und Weisheiten, die man im Alltag gut gebrauchen konnte, zumindest war sie davon überzeugt. Hatte die Ampel überhaupt eine Farbe angezeigt? Er war sich nicht mehr sicher, ob er eine rote Ampel überfahren hatte. Aber eigentlich egal, es war niemand aus der Querstraße gekommen, somit hätte ohnedies nichts passieren können. Er warf einen kurzen Blick auf die Tankuhr. Offensichtlich hatte Laura vor kurzem getankt, denn die Nadel zeigte, dass der Tank, mehr als dreiviertel voll war. Das hätte ihm gerade noch gefehlt, jetzt auch noch tanken zu müssen, wo er doch ohnedies schon zu spät dran war. Andrerseits konnte er sich seine Arbeitszeit selbst einteilen. Er hatte seine Aufgaben zu erledigen, wenn er dies gewissenhaft und zeitgerecht tat, fragte niemand, wann und wo und wie. Es musste auch abseits der Bezahlung seine Vorteile haben, Verantwortung zu tragen. Der Verkehr war, vor allem für diese Tageszeit, überhaupt nicht spürbar. Genau genommen, gab es außer ihm, niemanden, der sich auf der Straße bewegte. Hatte er etwas übersehen? War heute autofreier Tag? Ein Feiertag, den er nicht auf dem Schirm hatte? In den Lautsprechern rauschte das Meer, der Wind blies die positiven Gedanken direkt in seinen Gehörgang, sodass er beschloss, für heute wohl, schon genug motiviert zu sein und schaltete in die Radiofunktion um. Dort rauschte es auch. Dieses Rauschen unterschied sich aber wesentlich vom Meeresrauschen, welches kurz zuvor aus den Lautsprechern gekommen war. Es war das vertraute Radiorauschen, wenn man sich zwischen zwei Sendern im Suchlauf befand. Und so blieb es, bis er das Autoradio wieder abstellte. Möglicherweise hing der fehlende Radioempfang mit dem fehlenden Handyempfang zusammen. Konnte es vielleicht sein, dass die Ätherwellen mit ihrem Elektromagnetismus heute frei machten, dass ein Sonnensturm dafür gesorgt hatte, dass hier auf der Erde wieder ein wenig rebootet werden musste. Er verstand nicht viel von dieser Materie, war froh darüber, dass das meiste, ohne seinem Zutun funktionierte und verbat sich, weiter darüber nachzudenken.

Er fuhr selten bis gar nicht mit dem Wagen ins Büro. Wenn aber, stellte sich die Parkplatzsuche als Herausforderung dar. Meistens dauerte sie auch länger, als die viertelstündige Fahrt mit dem Auto. Die Parklücke, die er heute nutzte, hatte er nach nicht einmal zwei Minuten gefunden gehabt. Er stellte den Motor ab, zog den Schlüssel und stieg aus, nicht ohne seine Arbeitstasche von der Rückbank zu nehmen. Das

Doppelsignal, das ihm anzeigte, dass der Wagen nun verschlossen sei, ging heute nicht im üblichen Verkehrslärm unter. Eigentlich war es das einzige Geräusch, das er vernahm. Er hatte den Wagen hinter sich gelassen und ging schnellen Schrittes, er hatte es mittlerweile eilig, die Straße entlang. Gleich an der nächsten Ecke würde er links abbiegen müssen, um dann, beim dritten Haus, das mit der Nummer 29, mittels Chipkarte, die Türe zu öffnen. Er holte seine Geldbörse aus der Innentasche seiner offenen Jacke, klappte sie auf und entnahm ihr die weiße Plastikkarte, die er kurz darauf, an den, links von der automatischen Türe montierten, Sensor hielt. Nichts geschah. Er hielt die Karte ein weiteres Mal hin. Abermals öffnete sich die Türe nicht. Es war keine Seltenheit, dass sie nicht funktionierte. In der Regel fiel sie einmal im Monat aus. Dann war das schmale Seitenteil geöffnet, und man konnte durch dieses, ins Haus hinein. Heute war sie verschlossen und machte auch keine Anstalten, sich öffnen zu wollen, beziehungsweise, sich auf welche Art und Weise auch immer, öffnen zu lassen. Er musste also anläuten. Das tat er nur widerwillig. Erstens wusste man dann, dass er kommen würde – und er kam lieber unbemerkt ins Büro – und zweitens, würde man dann gleich darauf tippen, dass er seine Karte daheim, oder gar im Büro liegen gelassen hatte. Er wollte nicht, dass seine Fehler entdeckt werden würden. Er drückte den Knopf neben dem Messingschild, das darauf hinwies, dass sich die Büroräumlichkeiten hier befanden. Kein Summen und keine Reaktion. Er drückte ein weiteres Mal, vehementer, obwohl er wusste, dass das nichts änderte, sowie länger. Abermals keine Reaktion auf sein Läuten. Auch die anderen Knöpfe, die er nun drückte, brachten nicht den erwünschten Effekt. Es half alles nichts. Die Tür blieb zu. Er holte also wieder sein Handy aus der Tasche und tippte auf den Telefonhörer, dann auf die Nummer des Büros. Verbindungsaufbau. Verbindungsabbruch. Tippen. Verbindungsaufbau. Verbindungsabbruch. Einmal noch: Tippen. Verbindungsaufbau. Verbindungsabbruch. Verdammt, was war hier los?

Er ließ den Wagen stehen, wo er ihn geparkt hatte und folgte der Straße Richtung Innenstadt. Das Wetter lud heute ausdrücklich zu einem Spaziergang ein, also warum sollte er, wenn er schon einmal hier war, dieser Einladung nicht Folge leisten. Es war ausgesprochen ruhig, fast so wie am ersten Jänner, wenn alle noch müde in ihren Betten lagen und ihren Rausch, weil sie an Silvester zu ausgelassen gefeiert hatten, ausschliefen. Hörte er in der Ferne jetzt gar ein Motorengeräusch? Er musste sich getäuscht haben. Beim zweiten Hinhören vernahm er gar nichts. Er überquerte die Fahrbahn, ohne auf die Ampel zu achten, da es keine Autos gab, die ihm Schaden zufügen konnten, keine Motorräder waren unterwegs und auch keine Fahrräder. Er war alleine. Umgehend verwarf er diesen Gedanken aber wieder, da es wohl recht unwahrscheinlich wäre, sich wirklich alleine in der Stadt zu befinden. Und wo wäre dann Laura? Er holte wieder sein Handy aus der Tasche, steckte es aber, aufgrund der Aussichtslosigkeit seines Vorhabens, wieder zurück. Ein leichter Windhauch wehte durch die Gassen und die Sonne schien in einer, für die Jahreszeit, außergewöhnlich angenehmen Art und Weise.

Instinktiv trat er ein. Nicht zum ersten Mal, wie ihm schien. Er konnte sich aber beim besten Willen nicht daran erinnern, schon einmal hier gewesen zu sein, trotzdem aber, hatte er ein solches Gefühl. Seine Schritte hallten ein wenig in dem leeren

Lokal. Er setzte sich an den Tisch direkt neben dem Eingang. Von hier aus konnte er die Straße, sowie den Innenraum des kleinen Cafés überblicken. Er war der einzige Gast. Nachdem er eine Weile so dagesessen war, drehte er sich um und griff hinter sich zur Garderobe, wo heute nur die Zeitungen vom Vortag hingen. Er nahm einen dieser namenlosen Gegenstände, in welchem die Druckwerke eingespannt waren und blätterte das Kleinformat durch; las den einen oder anderen Artikel und überflog auf der Rückseite das Fernsehprogramm vom Vortag. Dann sah er sich um. Dass er der Einzige war, beunruhigte ihn nun nicht mehr. Dieser Tag hatte so eigenartig begonnen, sich im Laufe des Vormittags nicht wesentlich verändert, sodass er sich mittlerweile schon so gut wie normal anfühlte. Dann stand er auf. Er ging hinter die Verkaufstheke zur Kaffeemaschine. Nach einer kurzen Suche fand er den Einschaltknopf. Die beiden Lichter der Maschine begannen zu leuchten und ein Summen verdrängte die Stille. Dann sah er nach dem Wassertank, wie er es von zu Hause gewohnt war. Diese Maschine aber, war offensichtlich direkt an die Wasserleitung angeschlossen. Der Hahn war offen. Er nahm eine Tasse vom Regal, stellte sie auf den dafür vorgesehenen Platz und drückte auf das Display, um die Maschine in Betrieb zu nehmen. Das Mahlwerk setzte sich in Gang und kurz darauf ertönte das Zischen von heißem Wasser. Dann lief die dunkelbraune Flüssigkeit in die Schale, die unter dem Auslass stand. Nach nicht mehr als zwölf Sekunden herrschte, bis auf das leise Grundsummen der Maschine, wieder Stille. Er stellte die gefüllte Schale nun auf eine Unterasse und trug beides zu seinem Tisch. Bevor er sich aber setzte, ging er noch einmal zurück, nahm ein Glas aus dem Regal hinter dem Verkaufspult und holte sich eine Flasche stilles Wasser aus der Kühlvitrine.

Dann setzte er sich und trank einen Schluck von seinem Kaffee. Danach öffnete er die Flasche, legte den Drehverschluss auf den Tisch und goss das Wasser ins Glas. Dann trank er auch davon. So verbrachte er die nächste halbe Stunde, blickte immer wieder auf die Straße, auf der er aber doch keine anderen Menschen ausmachen konnte. Niemand kam vorbei. Dann erhob er sich wieder, stellte Kaffeetasse und Glas zurück und kramte aus seiner Hosentasche ein paar Münzen hervor, die er auf das Pult legte. Als er wieder auf die Straße trat war es windstill und absolut ruhig. Kein Geräusch war zu hören, eine fast unheimliche und unwirkliche Stille, die er so noch nie wahrgenommen hatte. Er blickte in beiden Richtungen die Straße entlang, erst einmal links, dann rechts. Kurz überlegte er, ob er weiter in Richtung Innenstadt gehen sollte, verwarf die Idee dann aber wieder und trat den Rückweg an. Lauras Mercedes stand immer noch dort, wo er in abgestellt hatte. Er schloss ihn auf und setzte sich auf den Fahrersitz. Dann ließ er den Motor an und parkte aus.

Das Radio übertrug immer noch kein Programm; keine Stimmen und keine Musik kamen aus den Lautsprechern. Er hatte das Fenster geöffnet und fuhr mit rund fünfzig Stundenkilometern durch die Innenstadt. An jedem anderen Tag wäre das in dieser Form nicht möglich gewesen. Entweder hätte er sich im Schneckentempo vorwärtsbewegt, oder das übliche Hupen und Fluchen der anderen Verkehrsteilnehmer, wären Begleitmusik gewesen. Heute vernahm er ausschließlich das Geräusch seines Motors; streng genommen war es Lauras Motor, und das des Fahrtwindes.

Am Abend kehrte er heim. Er stellte den Wagen in der Einfahrt ab, genau dort, wo er am Morgen schon gestanden war und schloss ihn ab. Dann ging er zur Eingangstüre und bemerkte, als er sie aufschließen wollte, dass er wohl, als er an diesem Morgen zum zweiten Mal das Haus verlassen hatte, nicht abgeschlossen hatte. Er trat ein und hielt inne. Nichts. Kein Geräusch, kein Garnichts, das darauf schließen ließe, es sei noch jemand im Haus. „Laura?", rief er in die Stille hinein. Keine Antwort. Er stieg die Stufen in den ersten Stock hinauf und warf einen Blick in ihr gemeinsames Schlafzimmer. Das Bett war gemacht, so wie er es am Morgen verlassen hatte. Nichts wies darauf hin, dass Laura in der Zwischenzeit hier gewesen war. Er ging wieder ins Erdgeschoss. In die Küche. Mittlerweile konnte er das Hungergefühl nicht mehr leugnen. Im Laufe des Tages war es kein Thema gewesen. Er hatte, möglicherweise aufgrund der außergewöhnlichen Situation, einfach keinen Hunger verspürt. Jetzt aber knurrte sein Magen. In der Lade neben dem Kühlschrank, dort wo sie ihre wenigen Vorräte verstaut hatten, kramte er eine Dose Thunfisch hervor. Er öffnete sie und verschlang, mit Hilfe einer Gabel, den Inhalt in weniger als einer Minute. Dann öffnete er den Kühlschrank und entnahm ihm eine noch halbvolle Flasche Chablis. Er schenkte sich ein Glas voll und setzte sich an den Küchentisch. Die Zeitschrift, die er am Morgen durchgeblättert hatte, lag immer noch hier. Wer hätte sie auch wegräumen sollen? Nach zwei Schlucken Wein stand er wieder auf und ging hinüber in den Wohnbereich. Dort setzte er sich auf das Sofa, nahm die Fernbedienung vom Tisch und schaltete das TV-Gerät ein. Weißes Rauschen. Auf allen Kanälen. Gleich dem Autoradio, hatte das Fernsehgerät offensichtlich keinerlei Empfang. Er schaltete es ab. Ein weiterer Schluck Wein.

Die letzten beiden Stunden hatte er damit verbracht, in dem Buch zu lesen, welches er schon vor mehreren Monaten begonnen hatte. War es ein Geschenk von Laura gewesen? Er konnte es gar nicht mehr bestimmt sagen. Es hatte davor auch schon hier herumgelegen. Wenn man Dinge nicht beachtete, verlor man letztendlich den Bezug zu ihnen. Müde war er mittlerweile geworden. Er klappte das Buch zu und legte es auf den Tisch. Die Flasche Wein hatte er geleert. Er brachte das Glas in die Küche zurück und schaltete das Licht ab, als er ging. Im Badezimmer zog er sich aus, warf seine Schmutzwäsche in den dafür vorgesehenen Korb aus Schilf und putzte sich dann seine Zähne. Im Dunkel ging er ins Schlafzimmer, sah noch einmal kurz aus dem Fenster und zog dann die Vorhänge zu. Dann legte er sich ins Bett und schlief kurz darauf ein.

Rastplatz

Die schwere Eisentüre der Toilettenanlage schlug zu. Der Mann wischte sich die Hände an seiner Hose ab. Dann holte er den Autoschlüssel aus seiner Jackentasche und sperrte, via Funk, seinen Wagen auf. Danach öffnete er die Türe, ließ sich auf den Fahrersitz fallen und zog sie wieder zu. Er schnallte sich an, steckte den Schlüssel in das Zündschloss und startete den Wagen. *Zuletzt die Handbremse,* dachte er bei sich, als er diese löste. Dann stieg er aufs Gaspedal und fuhr zügig zur Ausfahrt des Rastplatzes, um sich, nach einem letzten Blick in den Rückspiegel – Wiese, Abfalleimer, WC-Anlage - in den spärlichen Morgenverkehr auf der Autobahn einzureihen. Es war noch etwas kühl, um diese Zeit. Der Mai hatte seine Regentage zwar schon hinter sich gebracht, die Temperatur am Morgen, ließ zeitweise jedoch noch zu wünschen übrig. Im saftigen Gras hing der Tau, Vögel sangen und ein leichter

Windstoß ließ die Blätter in den Bäumen pendeln. Ein Wiesel huschte über die Wiese des Rastplatzes, unter einem der beiden Tische hindurch und an der WC-Anlage vorbei. Als hätte das Tier etwas gewittert, blieb es abrupt stehen, stellte sich auf und hielt seine Nase in den leichten Morgenwind. Dann machte es kehrt und lief direkt auf die Leiche, die hinter der WC-Anlage lag, zu. Das Tier umkreiste den Toten, näherte sich vorsichtig, stieß ihn mit der Nase an, um dann, als es sich absolut sicher war, dass von dem Toten hier keinerlei Gefahr ausgehen würde, mit einem kurzen Satz, auf dessen Brustkorb zu springen. Kalt war der Leichnam noch nicht. Zumindest fühlte sich die Haut nicht kalt an, als das Wiesel über dessen linke Wange schleckte. Das Tier schnupperte aufmerksam den Körper ab, um etwas verwertbares zu finden, doch den Toten als Ganzes mit in den Bau zu schleppen, war nicht möglich, und ansonsten war nichts zu finden, was entweder gleich gefressen, oder mitgenommen werden konnte. So setzte das Wiesel seinen eigentlichen Weg fort, und war kurz darauf wieder verschwunden.

Etwa eine halbe Stunde später bog ein roter Audi auf den Ratsplatz ein, und blieb vor dem Grünstreifen mit den Tischen stehen. Hinter dem Steuer saß der siebenundsechzigjährige Christian Mattei und neben ihm seine um drei Jahre ältere Frau Gudrun.

„Warum du nicht vor der Abfahrt aufs Klo gehen kannst, ist mir ein Rätsel."

„Ich war vor der Abfahrt auf dem WC! Wir sind schon seit drei Stunden unterwegs."

„Und wir werden noch ewig unterwegs sein, wenn du andauernd aufs Klo musst."

„Wir machen hier zum ersten Mal Pause, mein Lieber, jetzt

krieg dich wieder ein."

„Ach was, geh doch einfach."

„Ich geh schon, keine Angst. Du kannst schon mal den Korb aus dem Kofferraum holen."

„Welchen Korb?"

„Den Picknickkorb. Ich möchte einen Kaffee trinken und vielleicht eine Kleinigkeit essen, ich hab doch den Kuchen mitgenommen!"

„Wir werden nie ankommen, mit deinen ganzen Pausen!"

„Das ist unsere erste Pause, nach drei Stunden!" Mit diesen Worten stieg Gundula Mattei aus dem Auto. Sie ließ ihren Blick kurz schweifen, nickte dann und machte sich auf den Weg zur WC-Anlage. Ihr Mann stieg ebenfalls aus. Dann holte er den Korb, wie ihm aufgetragen wurde, von der Rückbank, und trug ihn zu einem der beiden Tische. Er stellte ihn ab und setzte sich auf eine Bank, die, ebenso wie die beiden Tische, im Boden fix verankert war. Zu jedem Tisch gehörten zwei dieser Bänke, die jeweils fünf Personen Platz boten, sodass insgesamt an die zwanzig Personen hier gleichzeitig Rast machen konnten. Cristian Mattei griff in seine Jackentasche und holte eine Packung Chesterfield hervor. Er steckte sich eine Zigarette zwischen die Lippen und zündete sie mit seinem gelben Feuerzeug an. Als er beim zweiten Zug war, kam seine Frau wieder aus der WC-Anlage.

„Jetzt rauchst du schon wieder?"

„Wieso schon wieder? Das ist die erste Pause, wir sind schon seit drei Stunden unterwegs."

Gudrun Mattei trat an den Tisch heran und zog das Abdecktuch vom Korb, der immer noch so dastand, wie ihn ihr Mann auf den Betontisch gestellt hatte. Sie holte die Thermoskanne hervor, zwei Tassen und eine transparente

Plastikbox, durch die schokoladenbraune Kuchenstücke zu erkennen waren. Dann schenkte sie den fertig gemischten Milchkaffee in die beiden Tassen, und schob eine davon, zu ihrem Mann. Der schnippte die Asche von seiner Zigarette und nahm anschließend einen großen Schluck aus der Tasse.

„Lauwarm", konstatierte er.

„Für mich passt er."

„Und zu süß." Gundula Mattei ignorierte die Kritik ihres Mannes und nahm sich ein Stück Kuchen.

„Immer noch saftig."

„Mhm." Christian Mattei zog ein letztes Mal an seiner Zigarette und schnippte den Stummel in die Wiese.

„Das ist aber nicht dein Ernst."

„Was?"

„Dass du deinen Zigarettenstummel einfach so in die Wiese wirfst."

„Wieso, da kommt doch ohnehin jemand und macht Ordnung. Dafür zahlen wir ja."

„Weist du, was so ein einziger Stummel kaputt macht?"

„Du kannst ihn ja gerne holen, wenn dir dann leichter ist." Mit diesen Worten trank er seinen Kaffee aus, stellte die Tasse auf den Tisch zurück und stand auf.

„Also, lass uns weiterfahren."

„Warte doch, ich bin ja noch gar nicht fertig."

„Dann mach einfach weiter und red nicht so viel." Mattei ging zum Wagen und setzte sich hinein. Seine Frau blieb auf der Bank zurück, beobachtete den Verkehr auf der Autobahn aus der Ferne und ließ sich nicht anmerken, dass sie mit Hilfe von Atemtechnik, versuchte gelassen zu bleiben. Als sie fertig gegessen und den letzten Bissen mit dem letzten Kaffee hinuntergespült hatte, stellte sie die beiden Tassen wieder in den Korb zurück, packte die Box mit dem Kuchen darauf und deckte alles wieder mit dem Tuch zu. Dann stand sie auf, nahm den Korb und ging zum Wagen zurück. Sie stellte den Korb wieder auf die Rückbank, setzte sich neben ihren Mann und sagte: „Worauf wartest du?" Christian Mattei schüttelte kurz den Kopf, startete den Audi und fuhr vom Rastplatz auf die Autobahn.

„Hör auf mit dieser Schreierei, da vorne ist ja eh schon ein Rastplatz." Andrea Buczynski warf einen kurzen Blick in den Rückspiegel zu ihrer Tochter, die am Kindersitz festgeschnallt saß, und lautstark ihr Bedürfnis kundtat. Buczynski aktivierte den Blinker und lenkte den Wagen von der Autobahn auf den Rastplatz, wo sie direkt vor der WC-Anlage stehen blieb. Sie stellte den Motor ab, zog den Schlüssel und stieg aus. Dann ging sie um den Wagen herum, öffnete die Türe, hinter der ihre neunjährigen Tochter saß, und sagte: „So, raus mit dir", während sie ihr die Gurte öffnete. Theresa sprang aus dem Wagen und lief auf die WC-Anlage zu. Sie zog die Türe mit der Aufschrift DAMEN auf. Dann dreht sie sich wieder zu ihrer Mutter und rief: „Kommst du mit?" Ihre Mutter sah von ihrem Handy auf, seufzte und ging zu ihrer Tochter. „Geh hinein, ich bleib hier an der Tür stehen." Theresa tat wie ihr geheißen und hüpfte an ihrer Mutter vorbei. Während Andrea Buczynski durch den Feed ihrer Social-Media-Accounts scrollte, saß Theresa in einer der Kabinen und baumelte mit den Beinen, während sie sich erleichterte. Kurz darauf war sie wieder bei ihrer Mutter, die immer noch konzentriert auf das Display ihres Handys blickte. Theresa vertrieb sich die Zeit damit, dass sie vor ihrer Mutter auf und ab hopste, dann in die Wiese und um die Tische lief und letztendlich, die WC-Anlage umrundete. Vor dem Toten hielt sie kurz inne, beugte sich zu ihm herab und sagte: „Schläfst du?" Als sie keine Reaktion erhielt, stupste sie mit ihrer Hand gegen den Toten, der sich aber nicht bewegte. „Hm", sagte Theresa, schüttelte ihren lockigen Kopf und lief wieder zu ihrer Mutter, die mittlerweile schon beim Auto stand.

„Wo bleibst du denn", sagte sie, die hintere Tür des Autos war schon geöffnet. Dann half sie ihrer Tochter beim Einsteigen. Als sie sich kurz darauf wieder auf der Autobahn befanden, sagte Theresa: „Hinter dem Klo liegt ein Mann."

„Was hast du gesagt?"

„Na, dass hinter dem Klo ein Mann war."

„Ein Mann war hinter dem Klo?" Andrea Buczynski bemerkte, wie ihr plötzlich zugleich heiß und kalt wurde. „Hat er dich angesprochen? Hat er dir was getan?"

„Nein, er lag nur so da, ich glaube, er ist tot."

„Ein Toter, hinter dem Klo?"

„Ja, er liegt dort am Boden."

Andrea Buczynski verspürte, dass die Anspannung von gerade eben, wieder abnahm. Ein Toter also, soso, was sich ihre Tochter alles so einbildete. Der Verkehr schien nun etwas dichter zu werden. Kurz darauf geriet er ins Stocken und Andrea Buczynski fuhr an die rechte Seite, um eine Rettungsgasse zu bilden. Zur Sicherheit, schaltete sie die Warnblinkanlage ein.

Der Stau hatte sich längst aufgelöst, als Karl, Tim und Jonas, mit ihrem BMW, kurz vor vierzehn Uhr, auf den kleinen Rastplatz abfuhren. Die Sonne hatte für diesen Tag ihren Höchststand erreicht und die drei jungen Herren sprangen, umgehend nachdem der Motor von Tim abgestellt worden war, aus dem Wagen. Jonas steckte sich eine Zigarette zwischen die Lippen, Karl nahm sie ihm umgehend aus dem

Mund und zündete sie für sich selbst an. Tim rauchte nicht. Die drei gingen zu einem der beiden Tische und ließen sich nieder.

„Und, wo ist das Bier?"

„In der Kühlbox, wo sonst?"

„Eine rhetorische Frage, eigentlich geht's doch darum, wer holt es?"

„Genau, also, wer holt es?" wiederholte Tim, der die Frage nun konkret formuliert hatte.

„Immer der, der fragt", lachte Karl.

Tim verzog das Gesicht, stand aber auf und ging zum Wagen. Es war sein Auto. Geld dafür, hatte er zwar keines gehabt, aber Eltern, die in dieser Investition, eine Ausgleichszahlung für ihre permanente Abwesenheit sahen. Dass Tim aufgrund seines Autos, relativ beliebt war, konnte wohl nicht bestritten werden, dass er daraus nichts machte, sondern immer noch von allen ausgenutzt wurde, war schwer zu verstehen. Tim verteilte die drei Dosen, die er aus der Kühlbox geholt hatte, setzte sich auf die Lehne einer Bank, und öffnete sein. Dann trank er. Er musste darauf achten, nicht zu viel zu trinken. Immerhin hatte er seinen Führerschein noch auf Probe, und durfte, auch nicht mit der geringsten Menge Alkohol im Blut, angetroffen werden. Gut, tagsüber gab es ohnehin so gut wie keine Kontrollen, somit war das Risiko ein relativ geringes.

Wenn es darum ging, die ersten sexuellen Erfahrungen zu besprechen, dann konnte man davon ausgehen, dass das Erzählte, mit dem Erlebten, wenig gemein hatte. Keiner der drei, hatte derzeit eine fixe Freundin. „Warum auch", meinte Karl, „nervt eh nur."

„Genau, ich hol mir nur eine, wenn ichs brauch", entgegnete Tim. Jonas hielt sich etwas zurück. Er dachte an Annemarie, und es war eigenartig, denn wenn er an sie dachte, hatte er eigenartigerweise Hemmungen, genauso großspurig, wie seine Freunde zu sprechen. Eine völlig neue Erfahrung für Jonas Karl zerdrückte seine leere Bierdose und warf diese in die Wiese. Sie kam neben dem, unachtsam in die Wiese geschnippten, Zigarettenstummel von Christian Mattei zu liegen. Auch Tim leerte nun seine Dose, und um zu verhindern, dass ihm jemand eine weitere brachte, sprang er von der Bank und warf in die Runde: „Wer braucht noch was?" Karl und Jonas grölten offensichtlich ein „Ja" und Tim machte sich auf den Weg. Er holte zwei Dosen Bier und einen Energydrink aus der Kühlbox, die mithilfe des Zigarettenanzünders mit Strom versorgt wurde.

„Was ist los mit dir? Machst du schlapp?"

„Sicher nicht", entgegnete Tim. „Ich brauch *energy*, wer soll euch denn sonst durch die Gegend kurven?"

„Mein Gott, so ein Schlappschwanz. Ein Bier, und wird schon müde." Karl nahm Tim den Energydrink aus der Hand und warf ihn durch die Luft. Er blieb am Rande des Grasstreifens zur WC-Anlage liegen. Tim schüttelte den Kopf und trabte der Dose hinterher. Zum Glück war sie im Gras zu liegen gekommen, und nicht am Asphalt, wo sie höchstwahrscheinlich aufgeplatzt wäre. So ein Trottel, dachte Tim bei sich, als er in die Hocke ging, um die Dose aufzuheben. Als er sich langsam erhob, sah er keine zehn Meter vor sich, den Toten hinter der WC-Anlage liegen. Wie versteinert blieb er stehen.

„Hey, kommts her."

„Was is?"

„Kommts einfach her, da liegt einer."

Karl und Jonas blieben Sekunden später neben Tim wie

angewurzelt stehen.

„Der muss tot sein."

„Oder er ist besoffen."

„Geh nachschauen."

„Ich? Sicher nicht!"

„Irgendwer muss schauen gehen!"

„Ja, ich mach das, ihr Luschen!" Jonas ließ die beiden am Rande der Wiese stehen und ging auf den Toten zu. Er beugte sich hinunter, fühlte an dessen Halsschlagader keinen Puls, beobachtete, ob sich der Brustkorb hob oder senkte, und sagte dann: „Der ist definitiv tot!"

Tim und Karl setzten sich jetzt auch in Bewegung. Kurz später umringten die drei still den Toten. Es war der erste Tote, den sie im wirklichen Leben sahen und der nicht nur über einen Bildschirm oder eine Leinwand geflimmert war.

„Und jetzt?"

„Wir müssen die Polizei informieren!"

„Sicher nicht, die machen einen Alkotest und dann ist mein Führerschein weg."

„Du hast recht", stimmte Karl Tim zu, dem es aber nicht darum ging, Probleme für Tim zu vermeiden, sondern der sich sorgte, seinen persönlichen Chauffeur zu verlieren. Dann beugte sich Karl über die Leiche.

„Was machst du?", fragte Jonas.

„Schauen, was er einstecken hat."

„Lass das."

„Warum, er braucht es ja nicht mehr, oder?"

„Du hinterlässt Spuren!"

„Ach was, auf der Kleidung kann niemand Fingerabdrücke nachweisen. Aha." Triumphierend hielt Karl eine schwarze Brieftasche in die Höhe. „Jetzt werden wir sehen, ob es

Raubmord war." Karl öffnete die Brieftasche und entnahm ihr mehrere Scheine. Dann zählte er. „Hundertfünfundachtzig Euro, was will man mehr. Und weil wir schlau sind, stecken wir die fünf Euro wieder zurück. Niemand kann uns nachweisen, wieviel Geld wirklich in der Brieftasche war."

„Lass uns gehen, mir ist das unheimlich."

Karl wischte die Brieftasche ab und schob sie dem Toten vorsichtig wieder in die Tasche. Dann stand er auf und sagte: „So, ab geht die Post. Die Dosen sammeln wir sicherheitshalber aber ein."

Kurz darauf saßen Karl, Tim und Jonas wieder in Tims BMW. Keiner von ihnen sprach ein Wort, als sie auf die Autobahn auffuhren.

Die Sonne hatte ihren Zenit längst überschritten, die schweren Tore der WC-Anlage waren immer wieder geöffnet und geschlossen worden, Wagen waren auf den Rastplatz ein- und wieder ausgefahren. Der graue Peugeot von Otto Bauer war vor der Wiese, auf der Bauers Hund nun herumlief, schnüffelte und urinierte, abgestellt worden. Bauer hatte die Hände in seinen Hosentaschen stecken und sah seinem Hund, beim Verrichten seiner Tätigkeiten zu. Rex, benannt nach dem bekannten Fernsehkommissar, war kein Schäferhund. Er war eine Promenadenmischung erster Güte, von allem ein wenig, undefinierbar, aber stets gut gelaunt, zutraulich und neugierig. So auch jetzt. Nachdem alle Bäume des Rastplatzes begutachtet worden waren, die vordere Ecke der WC-Anlage durch Eigenurin neutralisiert, umrundete Rex den rechteckigen Bau der Erleichterung, um, völlig aufgedreht zu Bauer zurückzukehren. Rex wedelte mit seiner Rute, bellte und sprang aufgeregt vor Bauer auf und ab. Otto Bauer wusste nicht, was los war, war aber seinen Hund, und seine quirlige Art gewohnt, und maß dem Ganzen, nicht allzu viel bei. Doch Rex gab nicht auf. Er hüpfte weiterhin hin und her und so folgte ihm Bauer, nachdem er wahrgenommen hatte, dass sein Hund, ihm etwas zeigen wollte. Kurz darauf wählte er, der Rex wieder im Kofferraum seines Wagens verstaut hatte, die Notrufnummer der Polizei. Die Beamten trafen eine Viertelstunde später ein. Aus sicherer Entfernung beobachtete das Wiesel, das Spektakel, welches sich noch bis in die Nacht hinein andauerte.

Expedit

Im hinteren Teil des Raumes befand sich, auf einer ausgemusterten Kommode thronen, eine doppelte Kochplatte. Eine der beiden war eingeschalten und darauf köchelte, seit mittlerweile zwei Stunden, in einem beigen, emaillierten Topf, das Gulasch. Niki hatte es, noch bevor er die Aufträge, die heute auf der Tagesordnung standen, durchgegangen war, aufgesetzt. Das Fleisch, sogenannte Kalbsvögerl (wichtig zu wissen), war schnell geschnitten, grobe Würfel, damit man auch etwas zwischen den Zähnen hatte. Der Zwiebel benötigte, um geschnitten zu werden, etwas länger. Obwohl, Niki achtete bei dessen Einkauf immer darauf, dass sie nicht zu klein gewachsen waren, ansonsten würde er erheblich länger benötigen und das war, verständlicherweise, zu Dienstbeginn etwas hinderlich. Vor allem, wenn ihm jemand dabei zusah. An der gegenüberliegenden Wand hing Samantha Fox und zeigte lächelnd ihre Brüste. Die weit aufgeknöpfte Jeans, das einzige Kleidungsstück, das sie trug, ließ eine Idee ihres Schamhaares vermuten. Niki und Hans sahen sie schon seit Jahren nicht mehr. Sie gehörte zur Einrichtung wie jedes andere Möbelstück. Neben ihr hing ein Kalender, an dem mit rotem Filzstift vermerkt wurde, wer an welchem Tag für die Verköstigung zuständig war. Im Grunde war es aber Niki, der meistens kochte. Hans bestückte den kleinen Kühlschrank, welcher, bis auf einige wenige Zutaten, die Niki nun mal fürs Kochen benötigte – hauptsächlich war das Schmalz – sowie ein wenig Kaffeeobers, anstatt der Milch, ausschließlich Grünen Veltliner und kleine Ottakringer-Flaschen beherbergte. Der Niki hieß eigentlich gar nicht Niki, oder Nikolaus, oder sonst irgendetwas in diese Richtung. Aber just an jenem Abend, als seine Eltern aus dem Kino gekommen waren, und er schokoladeverschmiert im Gitterbett hüpfte, sah er genauso aus, wie der Niki, der kurz zuvor noch über die Kinoleinwand gehüpft war. Somit war der Niki von diesem Punkt an, der Niki. Und die meisten seiner Freunde, wussten nicht einmal, wie er wirklich hieß. Hans hieß lediglich Hans.

Jetzt saß Niki an dem vollgeräumten Schreibtisch und ging die Liste für den heutigen Nachmittag durch. Hans war im Lager und sorgte dafür, dass die bestellte Ware auch für die Abholung bereit stand. Der Vormittag war die etwas ruhigere Zeit des Tages. In den ersten beiden Stunden, solange das Gulasch schon am Köcheln war, herrschte Stoßzeit. Restaurants und andere fleischverarbeitende Betriebe holten ihre Bestellungen für den Tag ab. Da ging es Schlag auf Schlag, niemand wollte warten, alle waren im Stress und alle waren froh, wieder fahren zu können, voll beladen und in Gedanken schon wieder im eigenen Betrieb, um für den Tag alles in die Gänge zu bringen. Für Niki und Hans war, nach diesen ersten Stunden des Arbeitstages, Zeit für das erste Achtel. Zu Tagesbeginn tranken sie beide noch ihren Kaffee, waren sie aber in die Gänge gekommen, was nach den ersten zwei, drei Stunden der Fall war, dann war auch die Zeit angebrochen, den Inhalt des Kühlschranks zu kontrollieren, sowie zu verkosten. Wenn man dann auch noch einen Heurigenwirten als Kundschaft hat, dann konnte man sich sicher sein, dass der Karton Veltliner, den sie heute früh bekommen hatten, auch von bester Qualität war. Sollte dem nicht so sein, dann würden sie es beim nächsten Mal subtil, aber verständlich rückmelden. Direkte Kommunikation war in solch einem Fall von großer Bedeutung. Niki schraubte den Verschluss der Flasche ab und schenkte zwei kleine Gläser randvoll ein. Eines gab er Hans, das andere nahm er selbst. Dann prosteten sie sich zu und tranken.

„Perfekt temperiert!"

„Nichts anderes hätte ich erwartet", schmunzelte Hans.

Hans war geeicht. Ein Achtel zum Frühstuck, auf leeren Magen, wenn man den Kaffee nicht zählte, machte ihm gar nichts aus. Ab einer Flasche, sollte er dann vielleicht eine Kleinigkeit zu sich nehmen, aber bis dahin, gab es für ihn kein Problem und man merkte es ihm auch nicht an. Für das leibliche Wohl an diesem Tag würde Niki sorgen, dessen Gulasch nun in die Ruhephase eintrat. Das Fleisch war gar, es fiel sozusagen fast schon von selbst auseinander und Niki reduzierte die Temperatur auf das erforderliche Minimum und schmeckte das Ganze ab. Und nun tat Hans etwas, das Niki im Nu aus der Fassung brachte. Hans zündete sich eine Zigarette an.

„Geh bitte, mach das Fenster auf, oder besser, geh hinaus."

„Aber du rauchst doch selber."

„Ja, aber nicht vor dem Essen, das geht gar nicht, dass wir dann beim Tisch sitzen und hier ist alles vernebelt. Sicher nicht; also mach das Fenster auf."

Hans folgte. Er öffnete das Fenster, stellte sich demonstrativ vor die Öffnung und rauchte in den Hof hinaus.

„Eigentlich wäre es um Einiges besser, du würdest gleich ganz hinausgehen."

„Jaja, sicher, noch was vielleicht. Ich rauch jetzt da beim Fenster-„ Doch Hans hielt mitten im Satz inne; dann schloss er das Fenster und verließ wortlos den Raum. Offensichtlich hatte er es aufgegeben. Niki blickte ihm nach, dann fiel die Tür zu. Niki schüttelte den Kopf, stand vom Schreibtisch auf und ging zum Fenster, um es zu öffnen. Er konnte es partout nicht leiden, wenn es verraucht war und er kochte, beziehungsweise noch nichts gegessen worden war. Bei Menschen, die in der Küche rauchten, konnte er nicht viel mehr, als mitleidig den Kopf schütteln. Und hier stellte er sich doch nicht an die Herdplatte, um dann im verrauchten Büro zu sitzen, und das Stunden vor sich hin köchelnde, Gulasch zu verzehren. Zumindest ein wenig Stil musste gewahrt werden. Selbst hier. Und gerade unter Männern, bei denen es evolutionsbedingt ohnehin schwierig war, sich Manieren anzueignen. Er warf einen Blick auf die Uhr. Eigentlich war es an der Zeit, aufzudecken und anzurichten. Die Verpacker würden am frühen Nachmittag kommen und Ware, die noch im Laufe des Tages abgeholt werden würde, vorbereiten. Bis dahin war aber definitiv Ruhe angesagt. Er stand auf, ging zu dem kleinen Schrank, in dem sie das Geschirr aufbewahrten und der zu einer anderen Zeit in der Küche seiner Großmutter gestanden hatte, und öffnete eine der beiden Türen. Er nahm zwei Teller heraus und stellte sie auf den Tisch, der ihnen als Pausentisch diente. Dann holte Niki das Besteck aus der Lade, Gabel und Löffel mussten genügen, denn er war, wie immer, der Meinung, dass es keines Messers bedarf, um die mittlerweile zartgekochten Fleischstücke zu zerteilen. Zwischen die gegenüberliegenden Teller legte er nun ein Holzbrett, auf dem kurz darauf, der Kochtopf abgestellt wurde. Die Türe öffnete sich und Hans betrat den Raum.

„Ah, du bist schon am Aufdecken."

„Schaut ganz so aus, oder? Gib mir bitte die Semmeln rüber."

Hans erinnerte sich daran, wo er heute Morgen den Papiersack mit den Semmeln abgelegt hatte, nahm ihn und brachte ihn zum Tisch. Dann holte er die Flasche Wein wieder aus dem Kühlschrank, stellte ein Bier für sich auf den Tisch und setzte sich. Niki holte sein Glas vom Schreibtisch und setzte sich Hans gegenüber. Dann hob er den Deckel vom Topf und konnte sich ein Grinsen nicht verkneifen.

„Da, schau hinein, was für eine Farbe!"

„Ein Wahnsinn, das kriegt niemand so hin, wie du!"

„Du sagst es, danke für die Lorbeeren, aber jetzt her mit deinem Teller."

Hans hielt Niki sein Teller entgegen und dieser schöpfte zweimal von dem Gulasch in den Teller seines Kollegen. Dann nahm er sich selbst etwas. Der Schöpfer landete am Tisch und der Deckel wieder auf dem Topf.

„Also, Mahlzeit!"

„Mahlzeit."

Für die nächsten Minuten herrschte Stille im Expedit. Die beiden Kollegen aßen und tranken. Es war ein Genuss, den niemand, außer den beiden miterleben konnte. Hans wischte mit dem letzten Stück seiner zweiten Semmel, den Teller leer. Dann trank er nach und rülpste, als er die Flasche wieder auf den Tisch zurückstellte.

„Wenn ich nicht schon verheiratet wäre, dann würde ich dich jetzt fragen."

„Das glaub ich nicht", entgegnete Niki. „Weil erstens bist du zwar verheiratet, lebst aber getrennt von deiner Frau-„

„Das ist nur vorübergehend-„

„Ja klar, seit mehr als einem halben Jahr, wenn ich mich nicht täusch." Hans wollte etwas entgegnen, beließ es aber.

„Und zweitens, würd ich dich nicht nehmen."

„Danke, freundlich. Ich mach dir ein Kompliment und du machst mich runter."

„Ich mach dich nicht runter, ich erzähl dir einfach die Wahrheit. Aber nix für ungut. Ich mach uns jetzt einen Kaffee."

„Bitte."

„Gerne."

Niki stand auf, räumte die Teller vom Tisch, legte sie in das kleine Waschbecken an der Wand und machte sich kurz darauf an der Filterkaffeemaschine zu schaffen. In der Zwischenzeit machte Hans am Tisch Platz, stellte den Topf mit dem Gulasch wieder auf die Herdplatte und verschloss den Sack mit den Semmeln, indem er ihn, von der Öffnung aus, einrollte. Dann holte er zwei Häferl aus dem vererbten Geschirrschrank, Kaffeeobers aus dem Kühlschrank und zwei kleine Löffel aus der Bestecklade. Niki schenkte erst Hans, dann sich Kaffee ein. Das Klappern der Löffel war zu hören, dann Stille, dann kurzes Schlürfen.

„Heiß."

„Was sonst?"

„Naja, eh. Wenn ich mich so erinnere."

„Woran?"

„Naja, an früher."

„Früher? An was für ein Früher? So alt sind wir ja gar nicht."

„Ja, aber es gab ja auch schon eine Zeit vor uns, oder?"

„Sicher. Und was war da?"

„Na mein Vater, zum Beispiel, der hat noch im alten Schlachthof gearbeitet."

„Ja, das war eine definitiv andere Zeit, eine Zeit, die wir zwei ja gar nicht kennen."

„Ein bissl schon. Ich kann mich gut daran erinnern, wie er heimkommen ist, ich hab gerade mein Schulsachen gemacht, oder hab Fernsehen dürfen. Er hat irgendetwas aus der Arbeit mitgebracht, und dann hat er sich hingesetzt und aufs Nachtmahl gewartet."

„Das haben Väter so an sich, oder?"

„Du hast schon recht. Er hat nicht viel gesprochen daheim."

„Wahrscheinlich in der Arbeit auch nicht."

„Das kann ich nicht sagen, aber daheim, hat meisten meine Mutter was gesagt."

„Es wird heutzutage ohnehin viel zu viel geredet."

Hans antwortete nicht. Fast so, als würde er Nikis Aussage bestätigen wollen, was er aber, zumindest unbewusst, nicht tat. Dann holte er seine Zigaretten aus der Tasche und legte sie vor Niki hin. Der sagte nur: „Ah, sehr fein! Da sag ich nicht nein", und nahm sich eine aus der Packung. Hans steckte sich ebenfalls eine in den Mund und ließ sein Feuerzeug erst für Niki und dann für sich selbst aufblitzen.

„Mein Vater war bei der Post. Bis zur Frühpension, dann war er nur mehr daheim. Da hat er nicht mehr gewusst, was er den ganzen Tag machen soll. Hat er eben die Mutter sekkiert."

„Auch nicht lustig."

„Zumindest nicht für sie."

„Das glaub ich."

„Jössas!" Ein schrilles Läuten der Glocke, riss die beiden aus ihrer verträumten Idylle.

„So zeitig schon?"

„Offensichtlich."

Und so kam es, dass der Kaffee kalt wurde, weil die Kollegen aus der Verpackungsabteilung, es heute offensichtlich eilig hatten, und früher, als geplant und üblich, ihre Paletten mit Kühlbehältnissen in die Kühlräume der Warenausgabe bracht-en, und nun die Begleitscheine abgaben. Dies erforderte eine Kontrolle durch einen den beiden Expeditmitarbeiter. Etwa eine Stunde später war diese Arbeit erledigt und Hans und Niki warteten auf die zwölf noch zu erwartenden Kunden.

„Schau her", sagte Niki zu Hans. „Heut holt sich ja wieder der Typ aus dem Puff seine dreihundert Schnitzel ab."

„Welches Puff?", fragte Hans hellhörig.

„Rosengarten, kennst du nicht?"

„Doch, aber das ist ja kein Puff."

„Nicht mehr", sagte Niki und hob belehrend die rechte Hand mit ausgestrecktem Zeigefinger. „Früher einmal schon, er hat es übernommen, und ein Speisenlokal daraus gemacht. Haupt-sächlich Schnitzel, weil die gehen immer."

„Aha, und was zeigst du mir da?"

„Ich hab ihm ein paar Fledermäuse dazu packen lassen. Zum scharf anbraten, dann kann er auch einmal etwas anderes anbieten, eine Spezialität, sozusagen."

„Dafür lasst er beim nächsten Mal sicher wieder ein Flascherl bei uns liegen."

„Anzunehmen. Und dem Polnischen Fahrer von dieser Wirts-stube, die die fünf Kisten Schweinsbraten bestellt haben-"

"Und das Geselchte, oder?"

„Ja, stimmt. Schweinsbraten, Geselchtes, zwei Kisten Nieren."

„Ja, Nieren, aber auch andere Innereien, der macht halt noch ein richtiges Bruckfleisch."

„Mahlzeit."

„Warum nicht, auch eine Altwiener Spezialität. Und wenn man vom Teufel spricht-„

In der Tür stand besagter Fahrer. „Meine Verehrung, die Herren."

„Meine Verehrung, es steht alles schon bereit. Hier einmal der Lieferschein, zur Kontrolle. Hans, holst du das Wagerl."

Der Expediteur machte sich auf den Weg in die Kühlkammer und kam kurz darauf, mit einem Stapel an Kisten, welche auf einem Fahrgestell bewegt wurden, auf der Außenrampe wieder zum Vorschein.

„Alles da, bereit zur Kontrolle."

Der Fahrer fuhr seinen Klein-LKW retour an die Rampe, stieg aus und hatte zwei Stangen Zigaretten in der Hand.

„Ah, wunderbar", sagte Niki. „Ich hab dir da auch schon etwas hergerichtet." Und mit diesen Worten übergab er ihm einen Karton, und nahm im Gegenzug die Zigaretten an sich. Der Fahrer stellte den Karton wortlos auf den Beifahrersitz. Dann hielt er inne, warf doch noch schnell einen kurzen Blick hinein, nickte zufrieden und machte sich dann daran, die Kisten in den Frachtraum zu laden. Hans sah ihm dabei zu. Nachdem die letzte Kiste auf den LKW geladen war, nahm er das Fahrgestell und fuhr damit zurück zum Kühlraum.

„Rauchwaren wären wieder in ordentlicher Anzahl vorhanden", verkündete Niki, als Hans wieder das kleine Büro samt Küche betrat.

„Eine Hand wäscht die andere."

„Wenn du das so nennen willst. Aber das war immer schon so."

„Immer schon, ja eh, da hats wahrscheinlich noch den Marktfahrer gegeben."

„Den würde heute auch niemand mehr lesen."

„Anzunehmen, so wie die Volksstimme."

„Ja, die gibt's auch nicht mehr."

„Meine Herren, darf ich stören?"

„Ah, sie sind das. Wir haben sie schon erwartet."

„Der Schnitzelkönig. Ich hab ihnen was Schönes eingepackt! Fledermäuse!"

„Fledermäuse, was soll ich denn damit bitte anfangen?"

„Nicht was sie jetzt glauben, die Fledermaus ist ein spezieller Teil vom Rind. Schalblattl, sagt man auch dazu. Es sitzt am oberen Ende der Rinderkeule. Das kennt heutzutage ja keiner mehr! Ganz was feines, mit Fett, zum schnellen Abbraten. Da können sie was Wunderbares draus zaubern, und ihre Gäste damit überraschen. Gut würzen, Bratkartoffel dazu!"

„Sachen gibt's, da hab ich noch nie was davon gehört. Und ich steh bei uns in der Küche. Naja egal. Ich hab ihnen wieder einen Karton mitgebracht. Vom grünen, das passt doch, oder?"

„Wär nicht nötig gewesen", sagte Hans.

„Nehmen wir aber trotzdem gerne", fügt Niki hinzu.

Es folgte eine Unterschrift samt Verabschiedung. Der übrige Nachmittag gestaltet sich nicht wesentlich anders. Waren wurden geholt, Fleischwaren gegen Gefälligkeiten getauscht und kurze Gespräche geführt. Für die Kundschaft musste man auch ein offenes Ohr haben, das galt schon seit Ewigkeiten so. Auf den letzten, der zwölf Kunden, wartet Niki alleine. Hans hatte heute früher weg müssen, irgendetwas wegen seiner

Frau, hatte er gesagt. Er versuchte wirklich alles, um sie dazu zu bewegen, wieder in die gemeinsame Wohnung einzuziehen. Dass es sich hierbei um ein hoffnungsloses Unterfangen handelte, hatte er noch nicht erkannt, oder wollte er einfach nicht wahrhaben. Er blendete es aus, dass seine Frau mittlerweile bei jemand anderes wohnte, und es handelte sich dabei nicht um die gute Freundin, wie sie ihm versichert hatte. Und so bemerkte er wieder einmal, als er alleine daheim vor dem Fernseher saß und kalte Blutwurst aß, dass er eigentlich nur noch den Niki hatte, wenn er an Familie dachte.

Die Rüdin

Vorsichtig hielt sie ihre Schnauze in die Höhe. Sie witterte etwas. Der Regen hatte den Boden des Waldes wieder durchfeuchtet, es roch nach Holz, faulen Blättern und Erde. Aber es war etwas anderes, das ihrer Witterung nicht entging. Zu weit entfernt, um sich bedroht zu fühlen, jedoch nahe genug, um vorsichtiger und wachsamer zu sein. Sie hatte eine Aufgabe, eine Aufgabe, die alles andere zur Nebensache erklärte. Sie musste ihre Brut schützen. Sie ernähren und sie erziehen, damit sie später selbst ein Überleben hatte, um dann, ihre eigene Brut aufzuziehen, sie zu ernähren und sie zu schützen. Es war ein nicht enden wollender Kreislauf, der nicht durchbrochen werden durfte. Ein Naturgesetz, das galt, ohne, dass es jemand niedergeschrieben hatte, ohne, dass es jemand exekutierte. Ihre Zitzen waren wund gewesen und sie hatte keinen Tag länger, als ein paar wenige Stunden, Ruhe gefunden. Sie war immer wachsam und vorsichtig gewesen. Sie hatte Nahrung herbeigeschafft. Für ihre Brut hatte sie getötet, hatte Kämpfe auf sich genommen, sich Gegnern stellen müssen, denen sie ansonsten aus dem Weg gegangen wäre, um sich selbst zu schützen. Nun schützte sie ihre Brut. Sie war sich noch nicht sicher, was es war, etwas aber lag in der Luft. Ein Etwas, das hier nicht hergehörte, ein fremdes Etwas. Und es war, bevor sie genau wusste, was es war, gefährlich. Sie warf einen Blick auf ihre Brut, die im Unterholz im Wurzelstock eines mächtigen Baumes schlief. Sie konnte sie, solange sie auskundschaftete, ob es eine reale Bedrohung gab, in Sicherheit zurücklassen. Es gab hier keinen natürlichen Feind und nichts, das sie nicht einschätzen konnte. Dann machte sie sich auf. Die Dämmerung war mittlerweile angebrochen und das Licht brach sich in den Tautropfen des Morgens. Ihr Fell war feucht von den nassen Blättern, die sie streifte, und es glänzte während sie zwischen Farnen und Büschen lief. Die Witterung, die sie aufgenommen hatte, nahm zu und wurde von Mal zu Mal stärker. Bis sie an der Lichtung angekommen war, die ihr als Orientierungspunkt diente. Von hier aus, war es nicht mehr weit zu jener Siedlung, die den Menschen, als Versorgungslager diente. All ihre Maschinen kamen von dort, oder fuhren dort wieder hin, um nach einiger Zeit, abermals zurückzukehren, um mit ihrer Arbeit fortzufahren. Sie würde eine halbe Stunde in nördlicher Richtung laufen, um den Waldrand zu erreichen, um sich dort zu vergewissern, ob es eine Bedrohung gab, oder eben nicht. Sie hatte keine Zeit sich auszuruhen. Sie musste sich beeilen, denn egal, was sie erwarten würde, den Weg, den sie zurücklegte, musste sie auch wieder bei ihrer Rückkehr bewältigen. Und das, möglicherweise, unter anderen Bedingungen. Niemand stellte sich ihr in den Weg, niemand hinderte sie und niemand hielt sie von ihrem Ziel ab. Sie trug die Dringlichkeit ihrer Mission anmutig vor sich her, sie würde sich nicht abbringen lassen, von keiner Gefahr, die sie am Weg antreffen würde. Und selbst das Ziel, sei es noch so gefährlich, sich soweit vorzuwagen, sie musste es tun. Die Bäume lichteten sich in diesem Teil des Waldes nicht. Dicht standen sie, wie mit Absicht so gepflanzt, aneinander. Dann endete der Wald abrupt an einem Hang, von dem aus sie das Tal überblicken konnte. Niemand bemerkte sie und niemand konnte sie sehen, als sie mit wachsamen Augen aus dem Unterholz vorsichtig hervorblickte, die Schnauze ein wenig in die Höhe gestreckt, witternd, was sie davor schon wahrgenommen hatte. Der Anblick, der sich ihr bot, hatte etwas Bedrohliches. Sie sah Dinge, die sie noch nie gesehen hatte du welche sie auch nicht verstand. Die Maschinen, die sich ansonsten stetig vorwärts bewegtem, ihre Krallen in die Erde bohrten, unvorstellbare Massen an Erde und Gestein bewegten, lagen, als wären sie verwundet oder gar tot, am Rücken und reckten ihre Räder in die Luft. Aus den Fenstern der Baracken, aus welchen ansonsten Menschen aus und eingingen, schlugen Flammen, dort wo sich die Fahrer der Ungetüme, der haushohen Maschinen und Gerätschaften, ausruhten, herrschte eine Unruhe. Der Geruch verbrannten Fleisches, wehte zu ihr herüber. Der Wind trug Schreie der Verzweiflung und des Schmerzes an ihre Ohren heran und der Motorenlärm, der Flugzeuge am Himmel, würde noch Tage in ihnen nachklingen. Sie beobachtete das Schauspiel und es hatte allen Anschein, dass sie überlegte und abwog, was sie nun zu tun hatte. Sie durfte sich nicht in unnötige Gefahr bringen, sie hatte ihre Brut zu schützen und aufzuziehen. Und sie hatte ihre Brut zu ernähren. Wohl mit diesem Gedanken, stürzte sie den Hang hinunter, ins Zentrum des Wahnsinns und der Zerstörung. Sie lief zwischen schreienden Arbeitern, berstenden Fenstern und brennenden Maschinen hindurch, ohne sich von diesem Chaos ablenken zu lassen. Feuer fiel vom Himmel, neben ihr schlugen Trümmer und Teile von Maschinen, Baracken und Menschen ein. Sie sprang über Leichen hinweg, die im Schlamm lagen, kletterte auf umgestürztes, schweres Gerät und wurde, wohl aufgrund des hier herrschenden Armageddon, von niemandem bemerkt. Sie konnte sich noch daran erinnern, als sie eines Nachts, schon einmal hier war, auf der Suche nach Nahrung für die Brut, und man sie entdeckt und gejagt hatte. Nur mit einer List war sie in jener Nacht entkommen. Sie verspürte einen stillen Triumph, tief in ihrem Inneren. Wie war es nun; wer waren hier jetzt die Gejagten, und wer waren die Jäger. Der Lärm nahm nicht ab, jedoch wurden die Schreie immer weniger, bis alles Leben ausgehaucht war und nur noch die Flammen sich ihren Weg bahnten.

Sie besann sich; es war Zeit, sie musste zurück zu ihrer Brut. Mit ihrer Beute im Maul machte sie sich auf. Die Sonne war mittlerweile aufgegangen, die Flugzeuge, die mit ihrem Dröhnen den Himmel erfüllt hatten, waren abgezogen, während sie den steilen Hang hinauflief. Sie rutschte einige Male mehrere Meter in die Tiefe, fing sich aber jedes Mal wieder und verlor dabei aber ihre Beute nicht. Im Wald herrschte wieder Stille. Es war, als ob all das Geschehene, hier keinen Zutritt hatte. Hier gab es kein Bersten von Glas, kein Feuer, das schäbige Schlafräume mit ihren schmutzigen Betten, in denen ihre schmutzigen Bewohner lagen, verschlang, hier gab es keine Toten, die im Sterben, wie am Spieß brüllten, ohne jegliche Hoffnung in ihren kippenden Stimmen. Hier gab es Morgentau, hier gab es den Geruch von Moos, das Gezwitscher der

Vögel und Plätschern eines kleinen Baches, der sie einlud, sein klares, kaltes Wasser zu trinken. Sie legte ihre Beute zur Seite. Dann erfrischte sie sich, stieß mit der Schnauze ins Wasser, um den Geruch von verbranntem Fleisch und Gummi aus der Nase zu waschen, und machte sich dann wieder auf ihren Weg. Die Lichtung lag schon weit hinter ihr, als sie in die vertraute Umgebung zurückkam. Immer näher an ihre Brut heran, die sie mit jedem Schritt mehr witterte. Alle drei waren wach und blickten sie mit erwartungsvollen Augen an. Es war ihr Instinkt, der sie all das tun ließ, jedoch in diesem Moment, fühlte sie so etwas wie ein Glücksgefühl, das sie überkam, als sie endlich bei ihrem Nest ankam. War es Mutterliebe, oder war es ein Naturgesetz, dem sie einfach nur folgte, weil sie es gar nicht anders konnte. Im Grunde war es egal. Sie ließ ihre Beute aus dem Maul, zu ihren drei Welpen kullern. Dann sah sie ihnen dabei zu, wie sie sich, hungrig, wie sie waren, sofort über den blutigen Oberarm hermachten.

Der stumme Diener

Es war eines dieser Hotels, dessen Name schon alleine beim Aussprechen, Ehrfurcht hervorrief und jeder, der ihn vernahm, ein Bild oder eine Geschichte dazu im Kopf hatte. Die große Glanzzeit, in welcher das Hotel Schauplatz für all die Geschichten gewesen war, die einem jetzt so einfielen, lag jedoch lange zurück. Jetzt diente es als Absteige für die zweite Liga, für die B-Prominenz und für alle, die es werden wollten, aber auch als Museum, als Erinnerung, an längst vergangene Zeiten. Und trotzdem, oder vielleicht auch gerade deswegen, lief der Betrieb immer noch relativ gut, die Zimmer waren meist gebucht, das Personal ausgelastet und die Küche konnte sich immer noch sehen lassen. Ebenso, wie sich Prominente und all jene, die es gerne wären, dort sehen ließen. Natürlich war es mittlerweile etwas angestaubt, antiquiert, erfüllte aber weiterhin seinen Nutzen, nämlich Gäste zu beherbergen, und es trug auch noch dazu bei, den Charme der Innenstadt an sich, aufrecht zu erhalten. Namen waren zwar Schall und Rauch, hielten sich aber dennoch ausgesprochen lange. Und so kam es, dass während der Vormittagsstunden, die Stubenmädchen, und ja, es waren ausschließlich junge Damen, die dafür sorgten, dass die Zimmer während eines bestimmten Zeitfensters wieder in Ordnung gebracht wurden, sich auf den engen Gängen zwischen den Räumen tummelten. Martha studierte nebenbei, Angie sang in einer Band und war eigentlich Künstlerin, wenn sie nur davon leben könnte und auch von all den anderen, gab es so gut wie keine, die diesen Beruf hier, als alleinige Aufgabe ausübte, oder gar als Erfüllung betrachtete. Alle wollten eigentlich etwas anderes tun, fühlten sich zu höherem berufen, hielten sich aber mit diesem Job über Wasser. So schoben sie die Wäschewagen von Zimmer zu Zimmer, zogen Betten ab, wechselten Hand sowie Badetücher und sorgten für oberflächliche Ordnung in den Zimmern der Gäste. Sie legten Hosen zusammen, streiften Blusen über Kleiderbügel, hingen Kostüme auf stumme Diener und leerten Mistkübel, in welche die meisten Gäste einfach alles hineinwarfen was ihnen in den Sinn kam, unabhängig davon, ob das Behältnis auch dafür geeignet sei. Martha öffnete mit ihrer Chipkarte die Tür zu Zimmer 312. Vor ihr erstreckte sich ein mittelgroßer Raum, in dessen hinterem Teil, sich ein üppiges Doppelbett befand, von dem aber offensichtlich nur eine Seite genutzt worden war. Martha startete aber, wie üblich, ihren Besuch im Badezimmer. Dort befand sich ein nasses Badetuch in einer Lacke liegend auf dem Boden, Zahnpastareste im Waschbecken und ein offensichtlich verschmierter Spiegel an der Wand. Der Gast hatte sich früh morgens wohl seine Pickel ausgedrückt und deren Inhalt, also Eiter und Talg, am Spiegel verteilt. Halbherzig hatte er sie wegzuwischen versucht, dann aber aufgegeben. Martha sprühte das Putzmittel großzügig auf den Spiegel und wischte anschließend trocken. Blank und klar blickte sie sich nun selbst entgegen. Dann hob sie das benutzte und nasse Badetuch auf und verließ damit den Nassraum. Wenige Minuten später war sie schon zwei Zimmer weiter. Egal wie lange sie brauchte, sie wurde nach Zimmer bezahlt. Und auch nach Zimmern, an welchem ein *Nicht stören* – Schild hing. Sie sparte damit, auch wenn es nicht plausibel klingt, keine Zeit. Ein solches Schild bedeutete in der Regel keine Zeitersparnis. Zumindest nicht in Summe. Natürlich war an dem Tag, an dem das Schild am Türknauf hing, im Zimmer selbst nichts zu tun. Üblicherweise aber, potenzierte sich der Aufwand mit der Anzahl an Schildertagen. Somit hatte Martha keine Zeitersparnis und Gäste, welche das Schild regelmäßig nutzten, keinen rechten Sinn für Ordnung. Zumindest das hatte sie mittlerweile herausgefunden. Auf 317 schlief jemand offensichtlich ohne Pyjama, beziehungsweise ohne Unterwäsche. Man war sich gar nicht bewusst, was der menschliche Körper, im Laufe einer Nacht, alles so verlieren konnte. Und das wiederum, potenzierte sich ebenfalls, nämlich mit dem Alter. Martha wusste sehr wohl, wer hier seit vier Tagen schlief, hatte sie den Regisseur eines englischsprachigen Theaters schon an seinem ersten Morgen aus dem Bett steigen sehen.

„Ganz vergessen, dass sie so früh schon kommen. Ich bin gleich angezogen." Mit diesen Worten stand er auf und wankte ins Badezimmer. Martha war nicht beeindruckt. Der behaarte Oberkörper war nicht ihr Fall, auch wenn der Mann ein attraktives Gesicht hatte, sie schätzte ihn außerdem auf Mitte vierzig, Interesse, auch nur oberflächliches kam in ihr nicht auf. Sie hörte die Dusche und eine elektrische Zahnbürste. Dann wurde das Wasser abgedreht und kurz darauf erschien er wieder. Ebenso nackt wie davor. Eine Minute später, war er angezogen, verabschiedete und zwängte sich neben Martha durch die offene Zimmertüre. Martha betrat den Raum und begann mit ihrer Arbeit. Wie gewohnt, im Badezimmer. Die schwarzen, gekräuselten Haare auf dem WC-Sitz, waren in diesem Fall, und Martha hatte den Gast gesehen, wie Gott ihn geschaffen hatte, nicht eindeutig zuordenbar. In der Regel waren es Schamhaare, hier konnte es sich aber durchaus auch um die Brustbehaarung des Mittelklasseregisseurs experimenteller Angloamerikanischer Stücke handeln. Letztlich war es egal. Sie mussten entfernt werden. Ebenso wie die Zahnpastareste, diesmal in der Duschtasse.

Schamhaare fand Martha normalerweise bei Gästen ab vierzig. Natürlich, es gab Ausreißer in beide Richtungen, naturverbundene Junge, sowie Mittfünfziger, die einen Hollywood-Cut bevorzugten. Doch tendenziell war verlass darauf, dass die Lizenz zum Wildwuchs, eher beim älteren Publikum Gültigkeit besaß. Martha verließ, wie so oft, das Bad mit einem benutzten Badetuch. Dann widmete sie sich dem Bett. Der Regisseur schlief ohne Wäsche. Somit wechselte Martha das Leintuch. Es gab so heftige Fälle von nächtlichen Bremsspuren, bei denen es auch erforderlich war, den Matratzenschoner zu erneuern. Am schlimmsten aber, waren jene, die des Nachts, ihre Stoffwechselprodukte nicht mehr bei sich behalten konnten und so taten, als wäre nichts geschehen. Martha hatte, diesbezüglich, aber noch nichts erlebt. Als sie mit dem Job begonnen hatte, und wie es wohl üblich war, waren ihre Kolleginnen so freundlich gewesen, sie darüber aufzuklären, was sie hier wohl alles so erwarten würde. Sie kramten in ihren Erinnerungen, die sie selbstverständlich üppig ausschmückten, und erzählten von vollgeschissenen Betten, masturbierenden Gästen und sogar von der Selbstmörderin, von der sie aber selbst nur aus Erzählungen anderer wussten. Und natürlich war es kein Freudentag, wenn man in ein Badezimmer spaziert, nur um nachzusehen, ob es gereinigt werden musste, um dann dort, eine im Wasser liegende Tote zu finden, die sich im Drogenrausch, die Pulsadern geöffnet, und in Folge, mit ihren rund fünf Litern Blut, das Bad versaut hatte. Und jemand musste, auch wenn es vorerst einmal ein Tatort war, die ganze Sauerei wieder in Ordnung bringen. Aber im Vertrauen, dieser Einzelfall hat sich nicht wiederholt und Martha fand auch im nächsten Zimmer, keine Tote. Was sie fand, waren die üblichen Utensilien einer langen Nacht. Leere Flaschen, Asche am Boden, obwohl es in den Zimmern untersagt war, zu rauchen, zwei benutzte Kondome und diverse Kleidungsstücke, über das gesamte Zimmer verstreut. Die Verursacher dieser Unordnung, hatten früh morgens schon ausgecheckt. Nun bereitete Martha das Zimmer für die nächsten Gäste vor. Oftmals fragte sie sich, wenn Gäste wissen würden, was in diesen Zimmern alles schon geschehen war, ob sie dann mit der gleichen Freude oder Gleichgültigkeit, hier ein paar Tage, beziehungsweise hauptsächlich die Nächte, verbringen würde.

Marta legte die beiden kleinen Schokoladen auf die Pölster und verließ das fertig gereinigte Zimmer wieder. Hinter ihr fiel die Tür, welche sich nun wieder nur durch eine freigeschaltene Chipkarte öffnen lassen würde, ins Schloss. Der Wagen mit Schmutzwäsche war voll. Martha schob ihn bis zum Ende des

Ganges. Dann bog sie nach rechts ab, um kurz darauf vor dem Einwurf der Wäscherutsche anzukommen. Sie öffnete die Klappe und entfernte den, im Wäschewagen angebrachten Schmutzwäschesack, um ihn einzuwerfen. Dann nahm sie aus einem, hinter einer Tapetentür verborgenen Wandschrank, einen neuen Beutel und montierte diesen auf den Wagen. Kurz darauf schloss sie mit ihrer Karte, Zimmer Nummer 321 auf. Routiniert begann sie im Badezimmer, arbeitete sich durch das Wohn- und Schlafzimmer, leerte den Mistkübel und ließ, nach getaner Arbeit, die Tür wieder hinter sich ins Schloss fallen. Auf der dritten Etage des Hotels, befanden sich ausschließlich die günstigeren, und somit auch kleineren Zimmer. Wohn-Schlafeinheiten mit Bett oder Doppelbett. Manche hatten einen kleinen Vorraum, alle hatten ein Badezimmer, die Hälfte mit Wannenbad. Die teuren Zimmer, die mit mehreren Räumen, zwar mehr Platz, aber genau so viel Betten boten, begannen ab dem nächsten Stock und wurden von anderen Kolleginnen gereinigt. Nur selten kam Martha in den Genuss, vom vierten Stock aufwärts, eingesetzt zu werden. Die Chance auf ein höheres, beziehungsweise auf überhaupt ein Trinkgeld, war dort mehr gegeben, als wie hier. Wobei, streng genommen, hielt es sich die Waage. Gaben die Reicheren weniger oft Trinkgeld, war es im Falle eines Falles, dann aber meist um einiges mehr, als das, was sie hier von der dritten Etage abwärts bekam. Im Großen und Ganzen aber, bekam sie ohnedies selten etwas zugesteckt. Früher war es vorge-kommen, dass Gäste, wenn sie aus dem Ausland gekommen waren, den Rest ihrer inländischen Münzen und Scheine, einfach auf dem Bett liegen ließen, um sie nicht, und meist handelte es sich ohnedies nur um geringe Beträge, bei der Abreise mit Verlust, wieder wechseln lassen zu müssen.

Seitdem man in fast ganz Europa eine Einheitswährung hatte, war diese Zuwendung nicht mehr möglich und Geld lag nur noch selten auf den ungemachten Betten; und wenn, dann nur ein äußerst geringer Betrag.

Martha versuchte die Bartstoppeln, die der Gast von Zimmer 323 hinterlassen hatte, in den Abfluss zu spülen. Und das war leichter gesagt, als getan. Die Barthaare schwammen oben auf, verursachten eine bärtigen Rand und mussten, nahezu in Handarbeit, durch mehrmaliges Spülen und bewegen des Wassers, zum Abfluss hin geleitet werden. Währenddessen lösten sich auch die Zahnpastareste im Becken und verschwanden, synchron mit den Barthaaren, im Abfluss. Martha ging mit einem Bade- und zwei Handtüchern zum Wäschewagen. Dann kehrte sie in das Zimmer zurück, legte die Kleidungsstücke, welche sich auf dem Boden befanden, sorgfältig über einen Sessel und begann, das Bett abzuziehen. Zwei kleine Blutflecke befanden sich auf dem weißen Leintuch. Als sie die Decke beiseite zog, rollte ein silberner Massagestab vor Martha zu Boden. Sie hob ihn auf und legte ihn auf das Nachtkästchen. Dann überzog sie den Polster und stellte die Ausgangsposition des Bettes her. Bei Zimmer 325 kam ihr Angie singend entgegen.

„Und, schon was abgestaubt?"

„Bisher nicht."

„Sehr gut, ich auch nicht."

„Sonst irgendwelche Vorkommnisse?"

Marta schmunzelte. Der nackte Regisseur von vorvorgestern war keinen Bericht mehr wert und der heutige Vormittag hatte keine Überraschungen bereit gehalten. „Nichts, aber auch gar nichts, alles im grünen Bereich."

„Na dann ist es ja gut. Treffen wir uns nachher auf einen

Kaffee?"

„Klar, ich brauch noch ein bisschen, aber in einer halben Stunde könnte ich fertig sein."

Angie warf einen Blick auf ihre Uhr. „Ok, dann um eins im Café Nedad."

Martha nickte und machte sich wieder an die Arbeit. Angie hatte zwei Jahre vor ihr hier begonnen, und hatte sie sozusagen unter ihre Fittiche genommen. Sie hatte ihr erklärt, worauf sie zu achten hatte und hatte sie, unter Zuhilfenahme einiger Anekdoten und wohl auch übertriebener Geschichten vorgewarnt, was sie alles erwarten würde. So gut wie nichts davon war eingetreten. Natürlich hatte sie Pärchen beim Sex erwischt, natürlich hatten ihr splitternackte Gäste, die Türe geöffnet, aber übergriffig war niemand von ihnen geworden. Niemand hatte sie eingeladen, sich zu ihm ins Bett zu legen und niemand hatte sie betatscht. Zweideutige Witze, ja, die hatte es gegeben, Blicke, die ihr unangenehm waren auch, damit hatte sie aber umgehen gelernt. Trotzdem wandte sie keine der Methoden an, die Angie zur Revanche verwendete, oder zumindest davon erzählt hatte.

„Weißt du, wenn dir jemand blöd kommt, dann musst du dir das offiziell gefallen lassen. Du kannst da nicht einfach gleich kontern. Was du aber tun kannst, du kannst dich rächen. Denn du bist, wenn diese Typen weg sind, alleine im Zimmer."

„Ja, und?"

„Du kapierst gar nichts. Hör mal zu. Wenn dich so ein Typ blöd anmacht, dann gib ihm doch einfach, was er will."

„Bedeutet was?"

„Lass dir was einfallen."

„Okay."

Angie beugte sich verschwörerisch zu Martha, senkte die

Stimme und sagte zu ihr, darauf bedacht, dass es niemand ringsum hören würde können: „Du gehst ins Bad, ziehst dir dein Höschen runter und fährst dir einmal mit der Zahnbürste von dem Typen durch den Schritt."

Martha verzog angeekelt das Gesicht. „Was tust du?"

„Du hast schon richtig gehört. Was glaubst du, was das für eine Genugtuung ist, wenn du weißt, dass sie sich, vor dem Zubettgehen, mit deinem Aroma die Zähne putzen."

„Du bist ekelhaft!"

„Ach was, glaub mir, dir werden Arschlöcher begegnen, gegen die du machtlos bist. Offensichtlich machtlos!"

Martha hatte Angis Rat wohlweislich nicht befolgt, sondern bei sich gedacht, dass Angi, genauso wie ihre Gäste, von der vierten Etage aufwärts, wohl abgehoben und auch ein wenig exzentrisch waren. Und viele waren, trotz ihres Geldes, so kleinkariert und geizig, dass sie die kleinen Fläschchen der Minibar, mit Wasser nachfüllten, um sie, beim Auschecken, nicht bezahlen zu müssen.

Martha sperrte, mit Hilfe ihrer Chipkarte, das letzte Zimmer des Tages auf. Als sie die Türe öffnete, kam ihr Straßenlärm, der offensichtlich durch ein offen stehendes Fenster hineingeweht wurde, entgegen. Sie durchschritt den Raum und schloss es. Die Klimaanlage funktionierte nur bei geschlossenen Fenstern. Obwohl das mittlerweile Allgemeinwissen war, gab es immer noch eine beträchtliche Anzahl an Gästen, die der Meinung waren, es besser zu wissen und aus diesem Grund, bei wärmeren Temperaturen alle Möglichkeiten nutzten, um die Fenster weit aufzureißen. Und nicht, dass sie nur das taten, sie ließen sie einfach offen, sodass sich die Räume, welche eigentlich durch eine Klimaanlage gekühlt werden würden, sich mit warmer, oder aber auch heißer Luft füllen konnten. Im Badezimmer entfernte Martha Zahnpastareste, entleerte den kleinen Mistkübel, in dem sich offensichtlich benutzte Hygieneprodukte befanden und nahm das Badetuch, das durchnässt auf dem gefliesten Boden lag, mit, um es in den nahezu vollen Wäschewagen zu werfen. Dann hob sie die Kleidungsstücke, welche auf dem Boden wahllos herumlagen auf, um sie, ordentlich auf einem Sessel, sowie auch auf der Couch anzuordnen. In den größeren Zimmern, hatten sie Kleiderständer, Stumme Diener, wenn man so wollte, um für etwas mehr Stil zu sorgen. Das funktionierte aber in den wenigsten Fällen. Egal um welche Etage es sich handelte, die, die alles auf den Boden warfen, taten das mit vollem Geldbeutel und ebenso mit leerem. Martha ließ die Tür hinter sich ins Schloss fallen. Dann schob sie den Wäschewagen Richtung Lift. Kurz darauf war sie im Keller. Sie brachte den vollen Schmutzwäschesack in die Waschküche und den Wagen in den dafür vorgesehenen Raum. Dann befüllte sie ihn mit den kleinen Duschgelfläschchen, den Schokoladestückchen und all jenen Dingen, die sie routinemäßig in den Zimmern verteilte, damit morgen Früh, umgehend mit der Arbeit begonnen werden konnte; wer auch immer morgen Schicht haben würde, dacht sie bei sich, als sie ihre Arbeitskleidung aus- und ihre persönliche anzog. Dann machte sie sich auf zu Nedad; ein Blick auf die Uhr verriet ihr, dass Angie wohl schon warten würde.

Frischwasser

Ich saß gerade bei meinem ersten Kaffee als es an der Tür klopfte. Ich sah von meiner Zeitung auf und tat nichts. Es war noch nicht einmal halb Acht und ich erwartete niemanden. So überlegte ich kurz, wer da wohl vor meiner Türe stehen konnte, als es abermals und nun etwas bestimmter klopfte. Ich würde mich schwer verleugnen können. Vor dem Haus stand mein Auto und da ich schon den Herd angeworfen hatte, konnte man den Rauch auch schon von einiger Entfernung aus sehen. Ich war kurz davor den Schlüssel im Schloss zu drehen, als es ein drittes Mal klopfte, diesmal aber heftig und ungestüm. Als ich endlich die Tür offen hatte, stand Henk vor mir. Ich kannte Henk schon seit einer ganzen Weile, oder nennen wir die Sache doch beim Namen, mein ganzes Leben lang. Wir waren zwar nicht zusammen zur Schule gegangen, aber es verbanden uns mindestens so viele Geschichten, als wäre es so gewesen. Henk war Polizist. Und er war Polizist, schon so lange ich denken konnte. Henk war elf Jahre älter als ich, hatte zwei Söhne und eine Tochter. Seine Frau hatte ihn vor ein paar Jahren verlassen. Das einzige, was sie zurückgelassen hatte, waren die Kinder und ein Blatt Papier, auf das sie nur „Du langweilst mich" geschrieben hatte. Henk hatte die Nachricht gelesen, den Zettel zusammengeknüllt und in den Kamin geworfen. Er verlor seit diesem Tag kein Wort mehr über seine Frau und wartete nur darauf, dass ihn eines Tages ein Schreiben erreichen würde, in welchem das Ende seiner Ehe verlangt, oder besser noch, einfach bestätigt werden würde.

„Guten Morgen", sagte Henk.

„Guten Morgen, was willst du denn um diese Zeit schon hier?"

„Kann ich reinkommen?"

„Sicher."

Hank trat ein. Ich wartete, bis ich hinter ihm die Tür schließen konnte.

„Also, was gibt's? Kaffee?"

„Keinen Kaffee, bin im Dienst."

„Ich dachte, das betrifft nur Alkohol."

Henk erwiderte nichts.

„Ok. Also, schieß los!"

„Uns hat heute Morgen ein Anruf erreicht."

„Mhm."

„Es handelt sich um einen Hinweis."

„Spann mich doch nicht so auf die Folter, worum geht es?"

„Wie gesagt, wir haben einen anonymen Hinweis erhalten."

„Willst du hier nach Drogen suchen, oder was?"

„Nein. Es geht um einen Leichenfund."

„Aha, und was hat das mit mir zu tun. Hier wirst du keine Leiche finden."

„Hinter deinem Haus."

„Auch nicht hinter meinem Haus."

Ich ging durch den Flur zum hinteren Teil meines Hauses, an dessen Ende sich ein Fenster befand, durch welches man in den Hof sehen konnte. Es hatte wieder geschneit. Die Gerätschaften, die ich hinter dem Haus abgestellt hatte, waren mit einer dünnen Schneeschicht bedeckt. Gleich neben meinem alten Kugelgrill, der aber immer noch das tat, wofür er hergestellt worden war, lag, unverkennbar, eine Gestalt am Boden. Nicht, dass mir das Blut in den Adern stockte, wie man in solchen Fällen wohl schon oft gelesen hat, aber ein wenig mulmig war mir schon zumute. Ich drehte mich um. Henk stand keinen Meter von mir entfernt und sah mich an.

„Weißt du etwas davon?"

„Beim besten Willen nicht."

Ich drehte mich noch einmal um, um einen Blick, durch mein Fenster, auf den Hof zu werfen.

„Es führen Spuren zu dem Toten."

„Das sind meine. Ich habe mich vergewissert, dass die Information, die wir bekommen haben, auch stimmte."

„Aha. Und jetzt?"

Henk sagte nichts. Ich ging in die Küche. Sie führte direkt in den Hof hinaus. Ich sperrte auf, öffnete die Tür und trat in den kalten Morgen hinaus. Es waren keine zehn Schritte, bis ich bei dem Toten angelangt war. Schnee fiel sachte vom Himmel, blieb in meinem Haar hängen, schmolz aber nicht. Auch in meine Hausschuhe war Schnee gekommen. Kalt und nass fühlten sie sich nun an. Doch ich spürte nichts. Ich sah wie gebannt auf den leblosen Körper zu meinen Füßen. Er lag, mit mir abgewandtem Gesicht, am Boden. In einer Hand hielt er offensichtlich etwas. Es schimmerte zwischen seinen Fingern hindurch. Ich beugte mich hinunter, um zu erkennen, was es war.

„Du darfst nichts berühren", hörte ich jetzt Henk hinter mir.

„Ich glaube, ich habe genug Kriminalfilme gesehen, um das zu wissen", entgegnete ich ihm.

Henk sagte darauf nichts. Rund um den Toten gab es keinerlei erkennbare Spuren, bis auf meine, und jene, die Henk wohl verursacht hatte, als er Nachschau hielt, ob es hier wirklich einen Toten gab. Und nachdem er die Bestätigung hatte, war er ums Haus gegangen und hatte angeklopft. Dreimal. Dann hatte ich geöffnet.

„Lass uns wieder hinein gehen", sagte Henk.

„Hast du gesehen, er hält etwas in der Hand."

Henk trat an mich heran. Dann ging er in die Hocke. Er besah sich die verschneite Hand, griff in seine Tasche und holte einen Handschuh hervor, den er sich überzog. Dann griff er nach dem Toten. Es war ein Schlüsselbund, den er letztendlich hochhielt. Dann stand er wieder auf und ging rund ums Haus zur Vorderseite. Ich folgte ihm. Henk versuchte, an meiner Eingangstür den Schlüssel in das dazugehörige Schloss zu stecken. Er passte nicht.

„Was möchtest du damit andeuten?"

„Ich möchte gar nichts andeuten. Ein Toter liegt hinter deinem Haus, er hat einen Schlüsselbund in der Hand, ich versuche lediglich zu überprüfen, ob er in dein Haus hätte kommen können."

„Woher sollte er denn einen passenden Schlüssel haben?"

„Vielleicht hat er sich einen anfertigen lassen."

„Und warum?"

„Um hier bei dir einzubrechen."

„Aber das wäre ja nicht einmal ein Einbruch."

„Du hast recht. Es wäre technisch kein Einbruch. Aber darum geht es nicht."

„Worum geht es dann?"

„Lass uns wieder hineingehen."

Mir war mittlerweile richtig kalt geworden, also hatte ich nichts dagegen einzuwenden. Die Eingangstür fiel hinter Henk zu.

„Darf ich mich setzen", fragte er.

„Natürlich."

Henk setzte sich auf den Stuhl, der sich meinem gegenüber befand. Meinem, in welchem ich vor seinem ersten Klopfen gesessen, und Kaffee getrunken hatte. Der Kaffee war mittlerweile kalt geworden.

„Möchtest du jetzt einen", fragte ich Henk ein weiteres Mal und hielt die Kanne hoch.

„Nein, ich hatte heute Morgen schon zwei."

„Gut, ich werde mir noch einen machen. Du kannst mir ja dabei zusehen."

Und das tat Henk. Er beobachtete mich, wie ich die Espressokanne aufschraubte, den schon gebrühten Kaffeesatz wegleerte frisches Wasser und frisches Kaffeepulver einfüllte. Dann stellte ich das Gerät auf den Herd und setzte mich Henk gegenüber an den Tisch.

„Du wirkst relativ gelassen", eröffnete er den nächsten Teil unseres Gesprächs.

„Ich hab die Polizei im Haus, wovor sollte ich mich fürchten?"

„Ich weiß nicht. Hinter deinem Haus liegt ein Toter, beunruhigt dich das nicht?"

„Doch. Aber ich möchte wissen, warum du davon weißt, oder

„besser gesagt: warum weißt du davon, und ich nicht."

„Wir erhielten einen Anruf, sagte ich doch schon."

„Und wer hat, bitte sehr, angerufen?"

„Es war ein anonymer Anrufer."

„Also ein Mann."

„Ich benutze Anrufer al Neutrum."

„Wie geheimnisvoll."

„Ich denke nicht, dass dies der richtige Zeitpunkt ist, um sich lustig zu machen."

„Ganz meine Meinung."

„Zieh dir etwas an, und komm mit. Wir fahren aufs Revier."

„Jetzt?"

„Ja, jetzt!"

„Ich habe gerade Kaffee aufgesetzt."

„Du kannst ihn dir gerne mitnehmen, hast du keinen Warmhaltebecher?"

„Ich trinke doch nicht aus einem dieser neumodischen Dinger, du kennst mich, da lasse ich es lieber gleich bleiben."

„Wie du willst. Zieh dich einfach mal an."

Ich ließ Henk in der Küche sitzen und machte mich auf den Weg ins Badezimmer, um mich unter die Dusche zu stellen. Sollte er doch verdammt noch mal auf mich warten. Nach dem Abtrocknen ging ich ins Schlafzimmer und zog mich an. Zehn Minuten später war ich mit allem fertig.

„Also, gehen wir", sagte ich, als ich wieder in der Küche stand.

„Warum hast du eigentlich den Schlüssel nicht auch bei der hinteren Tür probiert?"

„Hab ich, als du weg warst."

„Und, passt er?"

„Nein."

Henk trat als erster aus dem Haus. Ich versperrte hinter mir die Türe und folgte ihm zu seinem Dienstwagen.

„Wie komme ich eigentlich wieder zurück, wenn wir fertig sind?"

„Wer sagt, dass du wieder zurückkommen wirst?"

„Sehr witzig", merkte ich humorlos an.

„Es wird dich jemand zurückbringen."

Dann stiegen wir beide ins Auto, Henk startete und fuhr langsam aus meiner Ausfahrt auf die verschneite Straße hinaus. Sie müssen wissen, ich wohne etwas abgelegen. Nicht weit von der Stadt entfernt, aber es war gut, wenn man den Weg kannte; nicht selten geschah es, dass sich jemand, der zu mir wollte, mehrmals verfuhr. Andererseits verschaffte mir dieser Umstand auch etwas Abstand von der Menschheit. Henk fuhr zügig, aber nicht zu schnell, die abschüssige Straße entlang, die an beiden Seiten von Bäumen gesäumt war. Hie und da führten kleine Seitenwege tiefer in den Wald hinein. Henk verlangsamte nun seine Fahrt, blieb bei der nächsten Gelegenheit stehen und drehte um.

„Hast du etwas vergessen?"

„Nein, aber ich habe etwas gesehen."

Kurz darauf bog er rechts mit dem Wagen in einen jener schmalen Wege ein und blieb kurz darauf stehen. Vor uns stand ein schäbiger Renault 17 in braun.

„Was machen wir hier?"

„Du wartest."

Henk stieg aus und warf hinter sich die Türe zu. Langsam schritt er auf den Wagen zu. Er versuchte durch die Scheiben des Autos etwas zu erkennen, griff dann in seine Tasche und holte den Schlüsselbund des Toten hervor. Dann öffnete er die Türe an der Fahrerseite. Sein Oberkörper verschwand im Inneren des Wagens, nur um kurz darauf wieder zum Vorschein zu kommen. Dann ging er zum Heck des Renaults und öffnete den Kofferraum. Ich konnte nicht sehen, was er darin anstellte oder was er darin fand, jedenfalls warf er ihn wieder zu und dreht sich um. Er deutete mir, dass ich sitzen bleiben solle und ging zur Beifahrerseite. Ich öffnete meine Türe und stieg aus, als Henk wieder, diesmal auf der anderen Seite, mit seinem Kopf im Inneren des Wagens verschwand. Er sah mich, als er die Tür wieder zuwarf, verblüfft an. Dann drückte ich ab. Ich bin mir nicht sicher, ob so etwas wie Überraschung über seine Gesicht huschte, aber als er am Boden aufschlug, war er mit Sicherheit schon tot. Nun hatte ich zwei Leichen zu entsorgen.

Lucy kam, etwa um die Mittagszeit, zu mir. Sie erkundigte sich nach Henk. Ich sagte ihr, dass er nicht bei mir gewesen sei. „Eigenartig", meinte sie, „er hat ganz sicher gesagt, dass er zu dir wolle."
„Aber was hätte er denn hier tun sollen?"
„Er meinte, er müsse etwas klären, könne mir aber nicht sagen, worum es dabei ging."
„Das soll Henk gesagt haben", ich versuchte unschuldig zu lachen, „so etwas passt doch gar nicht zu ihm."
„Ich weiß nicht. Es gab einen Anruf, Henk hatte ihn entgegen genommen. Nachdem er dann seinen Kaffee getrunken hatte, sagte er, dass er zu dir fahren würde, mehr hat er mir nicht gesagt."
„Ich kann dir beim besten Willen nicht weiterhelfen, Lucy. Was ich aber ganz bestimmt weiß, ist, dass Henk heute nicht bei mir gewesen ist. Vielleicht kommt er ja noch."
„Aber wo sollte er denn sonst hin sein? Er hat ja Dienst."
„Vielleicht ist ihm noch etwas anderes eingefallen? Es ist eine kleine Stadt, manche Teile davon sind etwas abgelegen, da

kann es schon mal dauern, bis man wieder zurück ist."

„Wenn etwas über den Funk gekommen wäre, dann würde ich das wissen."

„Tut mir leid, dass ich dir auch nicht weiterhelfen kann. Ich muss dann ohnehin los."

Der Wagen sprang nicht gleich an. Wahrscheinlich war es ihm zu kalt geworden. Ich benötigte mehrere Startversuche, bis der Motor endlich zu laufen begann. Ich wendete bei der nächsten Gelegenheit, und fuhr dann, langsam und vorsichtig, aus dem schmalen Waldweg hinaus auf die Straße. Als ich meine Auffahrt hochfuhr, sah ich, dass ich das Licht brennen hatte lassen. Ich stieg aus, ging zur Eingangstüre und schloss sie auf. Ich öffnete sie nur einen Spalt, um den Lichtschalter wieder zu kippen und für Dunkelheit im Haus zu sorgen. Es musste nicht sein, dass jetzt jemand das Bedürfnis verspüren würde, bei mir anzuläuten. Danach versperrte ich mein Haus wieder und ging einmal herum, um an die Hinterseite zu gelangen. Er lag immer noch da. Mittlerweile war noch mehr Schnee gefallen, der den Umriss des Toten, immer mehr unter sich begrub. Ich fasste ihn an seinen Füßen und zog ihn in Richtung Auto. Die Statur des Leichnams machte es mir nicht schwer, ihn ohne Mühe durch den Schnee zu ziehen. Dann legte ich ihn kurz vorm Kofferraum des Renaults ab, öffnete diesen und legte Herb Frischwasser zu Henk. Ehrlich gesagt, war ich mir gar nicht mehr so sicher, warum ich ihn erschossen hatte. Bei Henk hatte ich einen definitiven Grund. Er hätte mich eingebuchtet, für ganz schön viele Jahre hinter Gitter gebracht. Bei Frischwasser hatte es eigentlich nur ein marginales Vorkommnis gegeben, das aber, in jenem Moment, offensichtlich für einen präzisen Schuss gereicht hatte. Ich warf den Deckel des Kofferraums zu und setzte mich auf den

Fahrersitz. Es war kurz vor acht Uhr abends und es war finster. Kein Wunder, unter einer Lichtverschmutzung, wie es sie in der Stadt gab, hatten wir hier draußen nicht zu leiden. Die Straße war schwarz wie die Nacht und die Nacht selbst schwarz wie sie nun mal war. Ich fuhr mit erlaubtem Tempo, blinkte, wo ich zu blinken hatte und sah von Zeit zu Zeit in den Rückspiegel, um zu sehen, ob mir jemand folgte. Aber niemand folgte mir. Nach einer halbstündigen Fahrt, bog ich von der Straße, auf einen nicht allzu großen Parkplatz ein. Am einen Ende des Parkplatzes befand sich ein Kiosk, der zu dieser Jahreszeit geschlossen war. Es würde Monate dauern, bis es hier, bei Saisoneröffnung, wieder Eis, Getränke und Hot Dogs geben würde. Ich ließ den Renault langsam rollen und fuhr bis an den Steg heran, der gut dreißig Meter in den See hineinragte. Ich tastete mich langsam mit den Reifen auf den alten Holzbalken vor. Der Steg ächzte unter der Last des Wagens, blieb aber stabil. Meter für Meter kam ich weiter, bis die Scheinwerfer ins klare Wasser leuchteten und ich mich fast schon am Ende des Stegs befand. Ich nahm den Gang raus, stellte den Motor ab und auch die Lichter erloschen. Die Handbremse ließ ich so, wie sie war. Dann stieg ich aus. Ich warf die Tür hinter mir ins Schloss und ging zum Heck des Wagens. Dann stemmte ich mich gegen den Renault. Langsam, aber stetig, bewegte er sich nach vorne, Zentimeter für Zentimeter, wurde immer schneller, bis er mit einem Ruck plötzlich stehen blieb. Die Vorderräder hingen über dem Wasser und das Heck des Wagens samt Hinterrädern pendelte ein wenig über dem Holzsteg. Verdammt, ich hätte wohl etwas schneller sein müssen, um den Schwung richtig nutzen zu können, damit der Wagen ohne Probleme ins Wasser fallen hätte können. Es half alles nichts. Anstatt mich ein weiteres

Mal gegen das Heck des Renaults zu stemmen, versuchte ich nun, die Pendelbewegung zu verstärken, indem ich das Heck hinunterdrückte um es, wenn es sich wieder aufrichtete, loszulassen. Bei jedem Hochschnellen des Hecks gab der Steg ein weiteres Ächzen von sich und der Wagen rutschte ein wenig nach vor. Ich begann zu schwitzen. Nieder und auf, nieder und auf, bis zu dem Moment, in welchem der Renault, begleitet von einem letzten Ächzen des Stegs, ins Wasser kippte. Es dauerte ein paar Minuten, bis sich die Oberfläche beruhigt hatte, und wieder absolute Stille herrschte. Bis auf mein Atmen, war nichts zu hören.

Sechs Stunden später war ich wieder daheim. Ich hatte mir, trotz der Zeit, die ich gehabt hatte, und trotz der Ausnahmesituation, in der ich mich zugegebenermaßen befand, auf dem Heimweg eigentlich keinerlei Gedanken gemacht. Meine Waffe war nicht auf mich registriert, ich hatte sie jemandem einmal abgenommen, somit war sie auch nicht mit mir in Verbindung zu bringen. Die einzige Frage, die ich mir noch stellte aber war, was konnte ich mit Henks Polizeiwagen machen? Er stand immer noch im Wald und würde, früher oder später, entdeckt werden. Ich würde mir wohl auch hier etwas überlegen müssen.

Weitere erhältliche Titel:

Die Moral ist eine Hure
Eine Sammlung ungewöhnlicher Kurzgeschichten
Taschenbuch 2012
ISBN: 978-3-8482-1504-1

Hot Whiskey
Eine Reise nach Irland, die mehr kostet als sie verspricht.
Taschenbuch 2014
ISBN: 978-3-7386-0774-1

Simmering
Ein LokalKriminalRoman
Taschenbuch 2015
ISBN: 978-3-7386-0774-1

All inklusive
Ein Urlaubsroman mit Kriminalfaktor, Ungereimtheiten und anderen Verwicklungen; tägliche Animation inklusive!
Taschenbuch 2016
ISBN: 9-7838370-7717-1

Blutiger Schnee
Ein Trashroman
Taschenbuch 2016
ISBN: 978-3-8370-5600-6

Der Junggeselle
12 Erzählungen sowie eine Einleitung
Taschenbuch 2017
ISBN: 978-3-7448-3374-5

Absinth
Fünf dunkle Erzählungen
Taschenbuch 2017
ISBN: 978-3-7448-2953-3

Zweisitzercouch
Falks 40. Geburtstag steht bevor
Taschenbuch 2018
ISBN: 978-3-74604-317-3

Als gäbe es kein Morgen
Ein Episodenroman
Taschenbuch 2019
ISBN: 978-3-7412-7085-7

Der Versicherungsfall
Eine Satire
Taschenbuch 2020
ISBN: 978-3-7504-7122-4

Komplett
Die Schneidakrimis
Taschenbuch 2021
ISBN: 9783753498041

Die Corona Files
Die komplette Trilogie
Taschenbuch 2021
ISBN: 9783755752189

Verzicht
Das Buch zum gleichnamigen Album
Taschenbuch 2022
ISBN: 9783756222407

Der Schreiber
Messmer schreibt wie eine scharfe Klinge
Taschenbuch 2022
ISBN: 9783755752189

1978
Der zweite Teil der Falk-Trilogie
Taschenbuch 2023
ISBN: 9783757816599

13 Herren und eine Dame
Girmindl beschreibt 14 Personen in ihrer Eintigartigleit
Taschenbuch 2024
ISBN: 9783758363689

sowie

Kemmer ermittelt - der neue Heftroman

www.girmindl.at